胡楚生著

韓柳文新探

臺灣學生書局印行

自敘

我對韓柳古文的愛好，是受到閔師肖伋先生的啓迪，我在唸中學時，雖然也曾讀過幾篇韓柳的文章，但是，眞正對於韓柳古文產生濃厚的興趣，却是由於在唸大學時，修習了閔師所教授的韓文課程，閔師對於韓愈古文的講解，不但分析詳密，見解精闢，同時，他那緩急自如、富於感情的吟誦方式，更是使得我們那羣學生欽佩羨慕而興奮不已，因此，在當時，除了閔師所選授精讀的篇章之外，課餘時間，自己也就將手邊所有的《韓昌黎文集》，從頭到尾，仔細地圈點了一遍，也算對於韓文的內容，有了一個較爲全面的認識，而且，由於學習韓文，自然也就引起自己對於柳文的注意，學習的範圍，便也逐漸由韓文而兼及到柳宗元的古文方面。

近些年來，自己在大學中，也擔任了韓柳古文的講授工作，曾經纂輯了兩册《韓文選析》與《柳文選析》，作爲學生們誦讀的課本，另外，也曾應好友吳宏一教授與杜松柏教授之約，撰寫了一册韓柳古文通論性質的小書，在上述的三本書中，多少也都具涵了一點個人對於韓柳古文的看法。

至於本書中所收集的二十二篇蕪文，則是近幾年來，個人在研讀韓柳古文之時，偶有所窺，心有所感，而寫下來的一些記錄，藉著這些記錄，自己覺得，對於韓柳二人的古文作品，似乎也有了較多一點的領悟，對於韓柳二人的思想行徑，似乎也有了較深一層的瞭解。

個人對於韓柳古文的研讀與偏嗜，飲水思源，仍然是要由衷地感謝閔師肖仮先生當年的教導與啓迪，同時，這本小書的出版，我也要深深地感謝學生書局各位執事先生的熱心與辛勞。

中華民國八十年四月十二日　胡楚生

識於國立中興大學中文系

韓柳文新探 目次

附錄

韓愈〈原人〉與張載〈西銘〉

張載所撰著的〈西銘〉，無論是在理學之中，或在思想史上，都是一篇極爲重要的作品，「西銘」之義，以乾象天，以坤象地，而以人處其中，爲天地所長養生息，因即以天地爲宇宙間之大父母，故以爲人當大其事親之心以事天地，也當大其敬長慈幼之心以愛養萬物，從而闡揚普施無外的仁德，彰顯天人合一的理想。〈西銘〉開始便說：

> 乾稱父，坤稱母，予茲藐焉，乃混然中處，故天地之塞吾其體，天地之帥吾其性，民吾同胞，物吾與也。

朱子正《正蒙注》說：

> 人物並生於天地之間，其所資以為體者，皆天地之塞，其所得以為性者，皆天地之帥也，然體有偏正之殊，故其於性也，不無明暗之異，惟人也，得其形氣之正，是以其心最靈，而有以通乎性命之全體，於並生之中，又為同類而最貴，故曰同胞，則其視之也，皆如己之兄弟矣。

又說：

> 物則得夫形氣之偏，而不能通乎性命之全，故與我不同類，而不若人之貴，然原其體性之所自，是亦本之天地而未嘗不同也，故曰吾與，則其視之也，亦如己之儕輩矣。

又說：

> 惟同胞也，故以天下為一家，中國為一人……惟吾與也，故凡有形於天地之間者，若動若植，有情無情，莫不有以若其性，遂其宜焉。❶

「物吾與也」，物，既然包括了有情的動物和無情的植物，甚至包括了「有形於天地之間」的無生物，人們都將視之爲自己的「儕輩」，視之爲自己的「黨與」❷，這種廣愛無邊的胸襟氣魄與願力，自然是非常值得稱許的。只是，張子這種「民胞物與」的主張，和先秦儒家比較起來，總覺得並不完全相類。

先秦儒家的意見，可以孟子的話作爲代表，《孟子・盡心上篇》記：

> 孟子曰，君子之於物也，愛之而弗仁，於民也，仁之而弗親，親親而仁民，仁民而愛物。

孟子對於物，只許其「愛」，不許其「仁」，對於民，則許其「仁」，不許其「親」，而且，由親親而仁民，仁民而愛物，先親親而後推及於仁民，先仁民而後推及於愛物，便是愛有等差，「親親之殺，尊賢之等」❸，「仁者以其所愛，及其所不愛」❹的意思。

對於上述孟子的話，朱子《集注》說：「物謂禽獸草木，愛謂取之有時，用之有節。」《集注》又引程子之言說：「仁，推己及人，如老吾老以及人之老，於民則可，於物則不可，統而言之則皆仁，分而言之則有序。」又引楊時之言說：「其分不同，故所施不能無差等，所謂理一而分殊者也。」又引尹焞之言說：「何以有是差等，一本故也，無僞也。」這些話，仍然都是從「愛有差等」的觀點，去闡釋孟子「親親、仁民、愛物」之間的差別意義。

趙順孫《四書纂疏》對於《孟子》這一章，更引用了眞德秀與輔廣的話來作疏釋，眞氏說：「凡生於天壤之間者，莫非天地之子，而吾之同氣者也，是之謂一理，然親者吾之同體，民者吾之同類，而物則異類矣，是之謂分殊。以其理一，故仁愛之仁，無不徧，以其分殊，故仁愛之施，則有差。」輔氏說：「尹氏說尤切要，一本，故無僞，而有差等，若無差等，則是僞而二本也。」眞氏認爲天地間之「生物」，雖同爲一氣所生，但仍然將「親親」、「仁民」、「愛物」三者，區別爲緣於「同體」、「同類」、「異類」的三種差異。輔氏推闡尹氏之說，以爲「有差等」才是「無僞」，「無差等」則是「僞」，則是不合人情人性之安的作僞行爲。尤其是眞氏的話，更是將楊時所謂的「理一分殊」的論點，疏釋得更加清楚。

楊時所謂的「理一分殊」之說，實從程子而來，因爲，對於張子〈西銘〉，楊時也曾懷疑他有體無用，近於墨氏「兼愛」，程伊川在〈答楊時論西銘書〉中，爲之辨明說：「〈西銘〉理一而分殊，墨氏則二本而無分，（老幼及人，理一也，愛無差等，本二也。）分殊之蔽，私勝而失仁，無分之罪，兼愛而無義。」而朱子在《語類》卷九十八中所申明〈西銘〉「理一分殊」之義的，爲數更多，例如朱子說：「萬物雖皆天地所生，而人獨得天地之正氣，故人爲最靈，故民同胞，物則亦我之儕輩，孟子所謂親親而仁民，仁民而愛物，其等差自然如此，大抵即事親以明事天。」又說：「言理一而不言分殊，則爲墨氏兼愛，言分殊而不言理一，則爲楊氏爲我。」又說：「只是這一個愛流出來，而愛之中，便有許多等差。」這些話，都可以補足朱子在《正蒙注》中對於〈西銘〉「民胞物與」之義的解釋。

對於孟子的「親親而仁民，仁民而愛物」，張子的「民吾同胞，物吾與也」，程朱等人，同樣都以「理一分殊」之說，去加以解釋，這種情形，似乎容易使人產生錯覺，以爲孟子與張子的思想，並無二致，但是，只要再加分析，便會發現，張子與孟子的主張，却並不是完全沒有差異的。

因爲，用「理一分殊」去解釋孟子的「親親」與「仁民」與「愛物」之間的差別之愛，去解釋張子的「民吾同胞」與「物吾與也」之間的愛有等差，雖然都是十分適當的，但是，「理一分殊」，只能解釋孟子及張子他們各自本身仁愛觀念的差異，却無法因此便認爲孟子及張子之間的仁愛觀念就彼此完全相同。因爲，孟子及張子對於仁心的施爲，雖然各自都有他們本身自己的差等，但是，孟子及張子對於仁心的施爲，其範圍層面的廣狹，輕重主客的分別，彼此聯繫的關係，却並不完全相同。

首先，孟子的「仁民」，是由本身爲出發，以己爲主，推而及於其他，先「親親」，再「仁民」，次第清楚，重輕有別，主客相異。（所以，孟子此章中的三個「而」字，對於三者之間的關係，是極為重要的。）而張子的「民吾同胞」，則是自己視他人「皆如己之兄弟」，雖亦由本身出發，以己爲主，但是，由自己推而及之的次第並不明顯，「民」與「親」與

「己」之間的輕重主客之別，也不分明。其次，孟子的「愛物」，是由「仁民」再行推遠而及之的，其涵義是對於禽獸草木，「取之有時，用之有節」，主宰完全在人在己，而張子的「物吾與也」，由「民吾同胞」推及而來的跡象，並不十分明顯，其涵義是對於一切生物甚至無生物，「視之如己之儕輩」，「視之如自己的黨與」，主宰雖仍在人在己，而「物」的分量，「物」的重要性，已較孟子心目中的「物」，加重了許多。

因此，孟子的「親親而仁民，仁民而愛物」，與張子的「民吾同胞，物吾與也」之間，在仁愛的施爲方面，其層面的大小，分量的重輕，主客的關聯，都並不完全相同。由「親親」到「仁民」，由「仁民」到「愛物」，其間有聯繫，有次第，有主客，有重輕；而由「民吾同胞」到「物吾與也」，其間的聯繫、次第、主客、重輕，都比較模糊；而「同胞」與「仁民」之間，「吾與」與「愛物」之間，其層面的廣狹，分量的重輕，並不完全相同，也是可以肯定的。要之，張子的「民胞物與」，較之孟子的「仁民愛物」，其意義更爲積極，其仁心愛意施用的範圍層面，更加廣泛，其「愛有差等」中「差等」的痕跡，也更爲縮小；因此，張子仁心表現所涵蓋的層面，較之孟子，更爲廣大，也是可以斷言的。

此外，〈西銘〉中也曾說到：「尊高年，所以長其長，慈孤弱，所以幼其幼。」這一段話，從表面上看，似乎也與《孟子》中所說的「親親」之義，以及「老吾老以及人之老，幼吾幼以及人之幼」〈梁惠王上〉，頗爲相近，但是，細加分別，則也並不相同，因爲，「老吾老以及人之老」，是由親己之親，而及於他人之親，而「尊高年」，高年者，不必皆爲自己之親，「高年」可以指自己之親，也可以泛指世間一切高年者，而皆加以「尊」之，因此，所謂「所以長其長」，只是張子立足在「父天母地」、「民吾同胞」的前提下，對於高年者的一種廣泛的「尊重」，既不同於「老吾老以及人之老」，也不只是「親親」的意思。同樣的，「幼吾幼以及人之幼」，是由親己之親，而及於他人之親，而「慈孤弱」，孤弱者，不必皆爲自己之親，「孤弱」可以指自己之親，也可以泛指世間一切孤弱者，而皆加以「慈」之。因此，所謂「所以幼其幼」，也只是張子立足在「父天母地」、「民胞物與」的前提下，對於孤弱者的一種廣泛的「慈愛」，既不同於「幼吾幼以及人之幼」，也不只是「親親」的意思。朱子在《正蒙注》中對於〈西銘〉這幾句話的解釋：「天下之老，一也，故凡尊天下之高年者，乃所以長吾之長；天下之幼，一也，故凡慈天下之孤弱者，乃所以幼吾之幼。」正可以說明〈西銘〉中的眞正含義。其實，〈西銘〉中「尊高年，所以長其長，慈孤弱，所以幼其幼」，連下兩個「其」字，「其」字泛指張子心目中世間一切之高年孤弱，此與孟子中「老吾老以及人之老，幼吾幼以及人之幼」，先用兩個「吾」字，再「及」於兩個「人」字，在指示的對象上，是不甚相同的。要之，〈西銘〉這兩句話，基本上，是越過了孟子所說的「親親」的第一步層次，而直接指向於孟子所說的「仁民」的第二步境地了。

至於〈西銘〉中所說：「凡天下疲癃殘疾，惸獨鰥寡，皆吾兄弟之顚連而無告者也。」則更只是站在「仁民」的立場，去疏解「民吾同胞」的意義了。

張子對於「仁愛」的觀念，踰越了孟子以來的範圍，並不意味就是一種缺點，從另一個角度看來，也許可以視爲是一種進步，只是，張子這種思想，是自行體悟出來的？抑是多少受到一些他人學說的啓發及影響？這是本文想要探索的問題。

宋明理學多少受到佛家的影響，尤其是禪宗的影響，已是不爭的事實[5]，但是，理學家以直接孔孟聖學的心傳而自命，如其受到晚近儒者本身學說的影響，也是極其自然而不足爲異的事情。

理學之盛，雖然以濂洛關閩爲之主，但是，談到理學的興起時，人們往往會把源頭上溯到胡安定及孫明復[6]，再上溯到李翺與韓愈[7]。韓愈在理學史上的地位，韓愈對於理學的影響，自來學者們所注意的，都集中在攘斥佛老、建立道統、性三品說等較爲顯著的重點上，但是，筆者覺得，韓愈在某些方面，對於張子〈西銘〉，也曾產生過不少的影響。首先，韓愈〈原道篇〉說：

> 博愛之謂仁，行而宜之之謂義，由是而之焉之謂道，足乎己，無待乎外之謂德。

〈原道篇〉首言「博愛之謂仁」，這與孔子所說的「仁者人也」[8]，孟子所說的「仁也者人也」[9]，「仁者愛人」[10]，「仁者無不愛也」[11]，已自不同，與往後程朱所說的「仁者愛之理、心之德」[12]，也不相類。其實，楊時懷疑張子〈西銘〉近於墨氏的「兼愛」，還不如說張子〈西銘〉近於韓愈的「博愛」，更爲近眞，因爲，博愛的觀念，雖然早在西漢，董仲舒已經加以提出[13]，但是，概念的清晰，定義的明確，仍然要以韓愈在〈原道〉中所說的最爲有力，何況，韓愈的時代，較之董仲舒，更爲接近張子，張子受到韓愈影響的可能性，自也較大。另外，墨子「兼愛」，以「交相利」爲歸的，韓愈「博愛」，「合仁與義言之」，「明先王之道以道之」，故於天下「鰥寡孤獨廢疾者有養也」，仁義之與功利，在出發點上，即不相同，因此，張子受到韓愈「博愛」的影響，而擴充了本身「仁德」的施行層面，其可能性，遠大於受到墨子「兼愛」的影響，是可以肯定的。

因此，在孔孟的「仁者人也」、「仁者愛人」，和張子的「民胞物與」之間，如果我們加上韓愈的「博愛之謂仁」，那麼，儒家這種「仁愛」觀念由狹而廣的發展線索，便顯得十分自然而可能了。其次，韓愈〈原人篇〉說：

形於上者謂之天，形於下者謂之地，命於其兩間者謂之人，形於上，日月星辰皆天也，形於下，草木山川皆地也，命於其兩間，夷狄禽獸皆人也……天者，日月星辰之主也，地者，草木山川之主也，人者，夷狄禽獸之主也……是故聖人一視而同仁，篤近而舉遠。

韓愈〈原人〉，三才並舉，起首數句，義理內涵，詞章形式，以之與張子〈西銘〉發端數語相較，實也無大差異者，此外，韓愈說：「命於其兩間者，夷狄禽獸皆人也。」推韓氏此言，自己爲人，視夷狄亦爲人，這豈不是相當於「民吾同胞」的意思嗎？自己爲人，視禽獸亦爲人，這豈不是相當於「物吾與也」的意思嗎？所以，韓愈所說的「夷狄禽獸皆人也」，實在是張子「民胞物與」的極佳注脚，雖然，「人者，夷狄禽獸之主也」，韓愈仍然認爲在萬物之中，人最靈貴，不像張子〈西銘〉，將「人己」「物我」之間的差別距離，儘量泯除，但是，〈原人篇〉文末一句，「聖人一視而同仁」，則又駸駸乎與張子的意思無多差異了。

呂祖謙《古文關鍵》選錄了韓愈的〈原人篇〉，蔡文子注說：

余於《韓集》中，最奇此文，今人多不能讀，然立格造語甚奇險，而意卻甚平正，其歸結在一視同仁二句，竊謂此篇已為張子〈西銘〉開端發鑰，一視同仁，體一也，篤近而舉遠，分殊也。推其道，欲使夷狄禽獸，皆得其情，其言仁體，廣大之至，直與覆載同量，而工夫全寓於篤近而舉遠四字中。愚意篇題當直揭曰〈原仁〉，然人者仁也，其命題即此意，朱夫子《考異》於題下標云：「或作〈原仁〉。」有旨哉！

馬其昶《韓昌黎文集校注》引徐敬思所說，也大略與此相同，是此意已早有見及者了。雖然，韓愈〈原人篇〉中所說的「夷狄禽獸皆人也」、「聖人一視而同仁」，其意義內涵、施爲範圍，與張子〈西銘〉所說的「民胞物與」，並非完全相等，但是，其間的相差，也非常細微了。如果說，張子受到韓愈的影響啓發，由「博愛」過渡到「民胞物與」，其「仁心」的內蘊益爲充實，其「愛意」的層面更加擴大，則也是思想發展中極其自然的現象。

總之，孟子的「親親而仁民，仁民而愛物」，和張子的「民吾同胞，物吾與也」之間，其範圍廣狹，其層次步驟，雖然並不相同，但是，如果我們在孟子的「親親仁民愛物」和張子「民胞物與」之間，加上韓愈的〈原人〉一篇，（更加上〈原道〉一篇）作爲思想演進過渡的津梁，那麼，在時代的背景上，在仁德觀念逐漸由狹而廣的擴充上，似乎都可以清晰地找到歷史貫串的線索，義理發展的痕跡。

韓愈的文集，在北宋時代，流傳雖然並不很廣[14]，不過，古文家也許在那時還未能十分注意到韓愈的文集，但是，理學家直接先聖的心傳，對於首先提出道統之說的韓愈的學說和著作，想來是不會掉以輕心而不加理會的。

韓愈〈原人〉與張載〈西銘〉之間，在義理上有無連繫，在思想上有無影響，關係於儒學之發展與思想之演進者，不爲不鉅，茲謹就所窺知，爲之推測如上。

附注

❶〈西銘〉原爲張子《正蒙・乾稱篇》中文字，張子書於西牖以示學者，題曰〈訂頑〉，程頤以爲易啓爭議，改爲〈西銘〉。

❷《朱子語類》卷九十八記：「問物吾與也，莫是黨與之與否？曰，然。」

❸見《中庸》。

❹見《孟子・盡心下篇》。

❺參見陳寅恪先生〈論韓愈〉及蔡涵墨先生〈禪宗祖堂集中有關韓愈的新資料〉，蔡文載於《書目季刊》十七卷一期。

❻全祖望在《宋元學案》中說：「宋世學術之盛，安定泰山，爲之先河。」

❼坊間各種中國哲學史、思想史，多有此說，而董金裕先生〈理學的先驅——韓愈與李翺〉一文，對此敍述尤詳，董文載於《書目季刊》十六卷二期。

❽見《中庸》。

❾見《孟子・盡心下篇》。

❿見《孟子・離婁下篇》。

⓫見《孟子・盡心下篇》。

⓬見《論語・學而篇》「有子曰，其爲人也孝弟」章《集注》。

⓭ 《春秋繁露‧爲人者天地篇》云：「先之以博愛，教之以仁也。」

⓮ 歐陽修〈記舊本韓文後〉云：「是時天下學者，楊劉之作，號爲時文，能者取科第，擅名聲，以誇榮當世，未嘗有道韓文者。」又云：「韓氏之文，沒而不見者二百年，而後大施於今。」又云：「韓文遂行于世，至于今，蓋三十餘年矣，學者非韓不學也，可謂盛矣。」

（此文曾刊載於《書目季刊》十八卷一期，民國七十三年六月出版）

韓愈「孔墨相用說」釋疑

一、引言

韓愈生平，信仰孟子，所以，在討論道統相傳之時，歷敍了堯舜禹湯、文武周孔以後，他接著就說，「孔子傳之孟軻，軻之死，不得其傳」❶，其實隱然是以效法孟子，直接孟子之心傳，作爲自我期許的目標，在評論學術流派之時，他也以爲，「自孔子沒，羣弟子莫不有書，獨孟軻氏之傳得其宗」，「故求觀聖人之道，必自孟子始」❷，因此，韓愈對於孟子，可以說是已經表示了極高的尊崇。

孟子嘗說：「楊墨之道不熄，孔子之道不著。」又說：「能言距楊墨者，聖人之徒也」❸，韓愈以爲，孟子抵排異端，拒斥楊墨，光大孔學，使得「今學者尙知宗孔氏，崇仁義，貴王賤霸」❹，其功不在大禹平治洪水之下，因此，他更提出了「向無孟氏，則皆服左衽而言侏離矣」❺的讚揚之詞，但是，令人詫異的是，願學孟子的韓愈，對於墨子，不僅沒有任何嚴厲拒斥的言詞，反而有著孔墨相用的論調，這種矛盾的現象，實在不免使人感到十分地驚訝，韓愈在〈讀墨子〉一文中說道：

儒譏墨以上同、兼愛、上賢、明鬼，而孔子畏大人，居是邦不非其大夫，春秋譏專臣，不上同哉？孔子泛愛親仁，以博施濟衆為聖，不兼愛哉？孔子賢賢，以四科進褒弟子，疾沒世而名不稱，不上賢哉？孔子祭如在，譏祭如不祭者，曰我祭則受福，不明鬼哉？儒墨同是堯舜，同非桀紂，同修身正心以治天下國家，奚不相悅如是哉？余以為，辯生於末學，各務售其師之說，非二師之道本然也，孔子必用墨子，墨子必用孔子，不相用，不足為孔墨。❻

爲什麼韓愈要以爲孔墨相用，而不效法孟子，拒斥墨子呢？對於這個問題，程頤以爲是韓愈「言不謹嚴」❼，朱熹以爲是韓愈「看得不親切」❽，張淏以爲是韓愈「自相矛盾」❾，茅坤以爲是韓愈「汩其文辭，而忘其本」❿，他們雖然各有自己的觀點，但却不必一定就能符合事實的眞相，對於這個問題，我們可以從以下幾個途徑，去作探索。

二、從韓愈所論孔墨學術本源上考察

首先，我們從韓愈所論孔墨兩家學術的本源上去考察，在〈讀墨子〉一文中，韓愈提出了「辯生於末學，各務售其師之說，非二師之本然也」的說法，他以爲，孔墨相非，只是兩家後學末流爲了推廣其師的學說，黨同伐異，因而產生爭辯的結果，在孔墨兩家學說的根源上，其主旨是相近而可以相互貫通、相互取用的。

韓愈在〈讀墨子〉一文中，已經枚舉出孔子思想中與墨子中心思想「上同、兼愛、上賢、明鬼」相近的部分，作爲說明，以下，我們順著韓愈的說法，再行補充一下，也擧出一些墨子思想中與孔子中心思想相近的部分，作爲印證，像墨子的「兼愛」，主張「愛人若愛其身」，「使天下兼相愛，國與國不相攻，家與家不相亂，盜賊無有，君臣父子，皆能孝慈，若此則天下治」[11]，其精神確實近於孔子的「仁」，墨子的「上同」，主張臣民百姓，皆「上同於天子」、「上同於天」[12]，在理想的君臣關係上，其精神也近於孔子的「義」，墨子的「明鬼」，主張「古者聖王」，「其務鬼神，厚矣」，「敬威以取祥」[13]，其精神也近於孔子的「禮」，墨子的「尚賢」，主張「列德而尚賢」，「有能則擧之」，「以德就列，以官服事，以勞殿賞」，「無能則下之，擧公義，辟私怨」[14]，其精神也確實近於孔子的「智」，從以上這些例子中，我們更加可以看出，在思想學說的根本源頭上，孔墨兩家，是極爲相近的。

在墨子的思想中，最主要的重心是「兼愛」，在孔子的思想中，最主要的重心是「仁」，而在基本的精神上，「兼愛」與「仁」，委實非常接近，《論語》中提到孔子對「仁」的意見，主張「泛愛衆而親仁」[15]，主張「夫仁者，己欲立而立人，己欲達而達人」[16]，在回答樊遲問仁之時，也提出了「愛人」[17]的答案，因此，孔子本人對於「仁」的看法，意義較爲寬廣，不像後來子思所敍述所強調的「仁者人也，親親爲大」，「親親之殺，尊賢之等」[18]，孟子所強調的「親親而仁民，仁民而愛物」[19]，含義上已較爲狹小，畢竟，子思與孟子的說法，已經是孔門後學的觀點了，所以，韓愈在〈讀墨子〉一文中，不說「儒家」「墨家」，而逕指「孔子」「墨子」，絕不是沒有原因的，他是希望直接比較孔子墨子兩位宗師的基本用心，基本學說，直接對照「二師」立說的「本然」之「道」，而不是去討論兩家學說可能產生的流弊，也不是去評議兩家後學末流的理論與觀點，因此，如果從孔子與墨子本人的學說去作比觀，則二人的思想，在基本的出發點上，確是十分接近，而可以相互取資、相互應用的。

黃震在《黃氏日抄》中說道：「夫墨子，孟子所深闢，韓子，尊孟者也，何議論之相反至此，豈孟防其流弊，而韓論其本心歟！」[20]論其本心，論其學說的出發點，也正是韓愈有取於墨子的地方，而孟子之所以視楊墨如毒蛇猛獸，嚴加拒斥，也確實是從楊墨兩家學說的流弊上去着眼的，因此，韓愈雖然極尊孟子，却也可能，尊重孟子而並不排斥墨子哩！

三、從韓愈對佛老與楊墨的態度上考察

其次，我們從韓愈對於佛老與楊墨的態度上，再作考察，在韓愈另外的一些文章中，我們可以看到較為明確的分別，例如：

「斯道也，何道也，曰，斯吾所謂道也，非向所謂老與佛之道也」，「然則如之何而可也，曰，不塞不流，不止不行，人其人，火其書，盧其居。」（〈原道〉）

「火于秦，黃老于漢。」（〈讀荀〉）

「觝排異端，攘斥佛老。」（〈進學解〉）

「然吾子所論，排佛老不若著書。」（〈答張籍書〉）

「漢氏已來，羣儒區區修補，百孔千瘡，隨亂隨失，其危如一髮引千鈞，緜緜延延，寖以微滅，於是時也，而唱釋老於其間。」（〈與孟尚書書〉）

「其無乃迷惑溺沒於老佛之學而不出邪。」(〈送廖道士序〉)

「伏以佛者，夷狄之一法耳，自後漢時流入中國，上古未嘗有也」，「今聞陛下令羣僧，迎佛骨於鳳翔，御樓以觀，舁入大內，又令諸寺，遞迎供養，臣雖至愚，必知陛下不惑於佛」，「乞以此骨，付之有司，投諸水火，永絕根本，斷天下之疑，絕後代之惑。」(〈論佛骨表〉)

在以上的這些例子中，有的是在排斥佛老，有的是在排斥黃老，有的是在排斥佛，很明顯地，却都沒有排斥楊墨，從而也可以看出，在韓愈的生平行事中，排斥佛老，雖然是他所堅持的一貫主張，但是，他的這種態度，却並不曾同樣用於對待楊墨，最主要的原因是，在韓愈當時，爲禍於社會人心的，只有佛老，而楊墨之說，那時已經衰微，在社會與人心方面，都已經產生不了任何的影響。

其實，韓愈在當時，主張排斥佛老，一方面是由於思想的因素，另一方面，也是由於社會經濟的因素，在思想方面，因爲中唐時代，佛教大盛，而老子又藉著唐代帝王姓李的尊崇之勢，而大肆流行，以致儒學漸衰，韓愈以爲，「佛本夷狄之人」，佛法是夷狄之法，「今也學夷狄之法，而加之先王之教之上，幾何其不胥而爲夷也」[21]，他又以爲，「老子之小仁義，非毀之也，其見者小也」，「後之人雖欲聞仁義道德之說，其孰從而求之」[22]，因此，他堅決地排斥佛老，希望從思想上去重振孔學儒教的復興，另外，在社會經濟方面，〈原道〉上曾說：

古之為民者四，今之為民者六，古之教者處其一，今之教者處其三，農之家一，而食粟之家六，工之家一，而用器之家六，賈之家一，而資焉之家六，奈之何民不窮且盜也。

韓愈以爲，古代只有四民，士農工商，而今更加僧侶道士而爲六民，古代教化，只有儒教一種，今則更加佛老而爲三，更重要的是，僧人道士，不事生產，從而也更加重了農民、工人、商人的生產負擔，以致引起了民間的貧困，社會治安的惡化，韓愈以爲，人生在世，應當各有職司，生產耕耘，相互輔佐，才能共同生活在社會之上，但是，僧人道士，不勞而食，卻成爲社會的寄生蟲，造成了社會沉重的負累，這也是韓愈主張排斥佛老的實際理由，至於朝廷的君相大臣，沉迷於宗教供奉，荒廢朝政，民間百姓，怠墮廢弛，使社會廣受其害，自然也是韓愈所主張排斥佛老的理由㉓。至於韓愈對於楊墨之說，不嚴加排斥，則是因爲自秦漢以下，楊朱之書，早已失傳，墨子之學，也已式微，在社會上，早已不再具備任何實質的影響力量，這種情況，我們只要翻閱《漢書・藝文志》、《隋書・經籍志》、《新舊唐書・經籍藝文志》，察看一下楊朱與墨翟書籍的流傳情形，就可以了然於心了，韓愈在〈與孟尙書書〉中說：「釋老之害，過於楊墨。」不僅是就其對思想上的影響而論，也同樣是就其對於社會上的影響而論的。

當然，在韓愈的文集中，也有某些篇章，曾經提到「楊墨」的問題，在此，仍然是需要去加以解釋的，例如：

「周道衰，孔子沒，火于秦，黃老于漢，佛于晉魏梁隋之間，其言道德仁義者，不入于楊，則入于墨，不入于老，則入于佛。」（〈原道〉）

「孟子云，今天下不之楊則之墨，楊墨交亂，而聖賢之道不明，則三綱淪而九法斁，禮樂崩而夷狄橫，幾何其不為禽獸也，故曰，能言拒楊墨者，皆聖人之徒也。楊子雲云，古者楊墨塞路，孟子辭而闢之，廓如也，夫楊墨行，正道廢，且將數百年，以至於秦，卒滅先王之法，燒除其經，坑殺學士，天下遂大亂，及秦滅，漢興且百年，尚未知修明先王之道，其後始除挾書之律，稍求亡書，招學士，經雖少得，尚皆殘缺，十亡二三，故學士多老死，新者不見全經，不能盡知先王之事，各以所見為守，分離乖隔，不合不公，二帝三王羣聖之道，於是大壞，後之學者，無所尋逐，以至於今泯泯也，其禍出於楊墨肆行，而莫之禁故也。」（〈與孟尚書書〉）

在以上的兩篇文章中，韓愈所敍述的，都只是過往歷史的陳迹，在〈原道〉中，主要是提出佛老在漢魏以下的盛行，障蔽了道德仁義之說，文中提到楊墨，也只是連類而及之罷了，並不以之作爲是罪魁禍首的對象。在〈與孟尚書書〉中，則多引孟子與楊雄之言，以見楊墨在先秦西漢的肆行，以致於經籍不明，聖道大壞，不僅也是在敍述過往歷史的陳迹，同時，也並沒有說到楊墨在當今的禍害，又如：

「今有人生二十八年矣，名不著於農工商賈之版，其業則讀書著文歌頌堯舜之道，雖

嗚而起，孜孜焉亦不為利，其所讀皆聖人之書，楊墨釋老之學，無所入於其心，其所著皆約六經之旨而成文。」（〈上宰相書〉）

「人固有儒名而墨行者，問其名則是，校其行則非，可以與之游乎？如有墨名而儒行者，問之名則非，校其行而是，可以與之游乎？」（〈送浮屠文暢師序〉）

「故學者必慎其所道，道於楊墨老莊佛之學，而欲之聖人之道，猶航斷港絕潢以望至於海也。」（〈送王塤秀才序〉）

在〈上宰相書〉中，韓愈所強調的，是自己的服膺儒學，讀聖賢書，約六經之旨以成文，而學無雜途，因此，重點不在排斥佛老，也更不在排斥楊墨了。在〈送浮屠文暢師序〉中，韓愈的主旨，在排斥佛法，但是，面對浮屠僧人，又礙於柳宗元的請託，不便過甚其辭，所以，即以譬喻的手法，以「儒」「墨」對舉，以喻表裏不一之弊，其實是以「墨」喻「佛」，加以排拒，此觀下文所說，「惜其無以聖人之道告之者，而徒舉浮屠之說贈焉」，可以爲證，因此，此文中所提到的「墨」，自然也不是主題所指的重心了。在〈送王塤秀才序〉中，韓愈所強調的主旨，是「求觀聖人之道，必自孟子始」，所以，在枚舉與孟子相對的異端之時，便一律以「楊墨老莊佛」等連類而並及之了，目的也不在就韓愈當時社會人心所產生的影響而立論，而深加排斥的。

在以上的一些文章中，雖然韓愈曾經提到「楊墨」，但是，卻並沒有加以拒斥的意味，更沒有強調其在當前社會人心上所產生的弊病，而堅決地加以排斥，像他排斥佛老的情形一樣，因此，如果說，韓愈在他當時，只堅持排斥佛老，却不曾排斥楊墨，相信是可以被理解的事實。

四、從韓愈言仁有取於墨子學說上考察

韓愈不但極少排斥楊墨，同時，在他的某些思想之中，還有著取資於墨子學說，吸收了墨學成分的傾向，例如〈原道〉曾說：

> 博愛之謂仁，行而宜之之謂義，由是而之焉之謂道，足乎己無待於外之謂德。

仁義道德，是儒家學說的要義，而「仁」，更是儒家思想的重心，不過，韓愈雖然以紹述孔孟思想爲職志，以光大孔孟學說爲目標，但是，他所提到的「仁」，在意義上，却已經與孔孟的說法，不盡相同，「樊遲問仁，子曰愛人」，孟子說「仁者愛人」[24]，對於「仁」的意義，爲仁的範圍，畢竟仍然有所局限（孔子言仁，意義實較孟子爲廣，前文已言及），到了韓愈，提出「博愛之謂仁」的說法，其意義的範圍，便較孔孟所說，要來得寬廣，當然，純就「愛人」與「博愛」而言，還不容易看出兩者之間的差異，但是，在韓愈的文章中，仍然可以找到其他的佐證，韓愈〈原人〉曾說：

> 形於上者謂之天，形於下者謂之地，命於其兩間者謂之人，形於上，日月星辰皆天也，形於下，草木山川皆地也，命於其兩間，夷狄禽獸皆人也……天者，日月星辰之主也，

地者，草木山川之主也，人者，夷狄禽獸之主也……是故聖人一視而同仁，篤近而舉遠。㉕

韓愈以爲，自己是人，夷狄也是人，甚至於禽獸也是人，所以，國人與夷狄與禽獸，在聖人眼中，要「一視而同仁」，要平等相視，同施其仁愛之心，這正是他所主張「博愛之謂仁」的最好注脚，因此，韓愈以「博愛」釋「仁」，較之孔子與孟子的「愛人」，其意義的廣狹，便多少有了不同，孔子孟子的「仁愛」，是就「人」而言的，孟子雖然曾說「親親而仁民，仁民而愛物」，但他的「愛物」，仍然是有層次有先後有等差的，韓愈的「博愛之謂仁」，却已經將這些差異，加以泯滅㉖，在這一點上，韓愈的「博愛」，是否曾經受到墨子「兼愛」的影響？是否曾經有取於墨子的「兼愛」呢？《墨子・兼愛》中曾說：

古者禹治天下，西為西河漁竇，以渫渠孫皇之水，北為防原泒，注后之邸，嘑池之竇，灑為底柱，鑿為龍門，以利燕代胡貉，與西北之民，東為漏大陸，防孟諸之澤，灑為九澮，以楗東土之水，以利冀州之民，南為江漢淮汝，東流之，注五湖之處，以利荊楚干越，與南夷之民，此言禹之事，吾今行兼矣。

墨子舉出了大禹治理天下，疏導洪水，開闢水利，以溥利西河南夷民衆的事實爲例，說明大禹廣濶無私的心胸，澤及蠻鄙的措施，平等相視的態度，在在都表示了「兼愛」的精神，是不應該專限在中夏的土地及人民之間所推行的，這種態度，不僅正是墨子「使天下兼相愛」

的目標，爲墨子所深加稱許，也正是韓愈在〈原人〉中提到「夷狄禽獸皆人也」、「聖人一視而同仁」時所追求的「博愛」的理想，兩者之間，如果說是有所影響，也許不算盡是捕風捉影的附會之詞吧！

陳善在《捫虱新語》卷一中說：「〈原人〉曰，一視而同仁，篤近而擧遠，則流入於墨氏矣。」[27]流入墨氏，也正是他見出了韓愈有取於墨子學說的地方。

五、結語

從以上的討論中，無論是從韓愈所論孔墨學說的本源上，或者是從韓愈對於佛老楊墨所持的態度上，或者是從韓愈言仁可能有取於墨子的學說上，多方探究，都會發現，韓愈却是只排斥佛老，而不排斥楊墨的，同時，他也以爲，孔墨兩者，在學說的本源上，是可以相互取資應用的，並且，在他自己所主張的「博愛」思想中，也曾經取用了墨子「兼愛」的成分，曾經受到過墨子學說的影響，因此，從〈讀墨子〉到〈原人〉到〈原道〉，從「兼愛」到「博愛」，在思想史上，這一條線索，也是十分值得去注意的。

當然，從光大儒學的立場而言，必然會有人批評韓愈的作法，但是，從另一個較爲廣濶的學術立場去看，這又何嘗不是一種可喜的進步現象呢！何況，這種進步，對於儒學往後的發展，還可能產生一些極其重要的影響哩[26]！

附注

❶ 見〈原道〉，載馬其昶《韓昌黎文集校注》卷一，此據民國五十六年五月世界書局再版本，下引並同。
❷ 見〈送王塤秀才序〉，載《韓昌黎文集校注》卷四。
❸ 見《孟子•滕文公下》。此據世界書局《四書集注》本，下引並同。
❹ 見〈與孟尙書書〉，載《韓昌黎文集校注》卷三。
❺ 同注❹。
❻ 載《韓昌黎文集校注》卷一。
❼ 見《二程語錄》卷十一，此據文海出版社《韓愈資料彙編》所轉錄者。
❽ 見《朱子語類》卷一百三十，此據文海出版社《韓愈資料彙編》所轉錄者。
❾ 見張淏《雲谷雜記》卷二，此據文海出版社《韓愈資料彙編》所轉錄者。
❿ 見茅坤《唐宋八大家文鈔》卷八，此據文海出版社《韓愈資料彙編》所轉錄者。
⓫ 見《墨子・兼愛上》，此據世界書局《墨子閒詁》本，下引並同。
⓬ 見《墨子・尙同上》。
⓭ 見《墨子・明鬼下》。
⓮ 見《墨子・尙賢上》。
⓯ 見《論語・學而篇》。此據世界書局《四書集注》本，下引並同。
⓰ 見《論語・雍也篇》。
⓱ 見《論語・顏淵篇》。
⓲ 見《中庸》，此據世界書局《四書集注》本，下引並同。
⓳ 見《孟子・盡心上》。

⑳ 見《黃氏日抄》卷五十九，此據文海出版社《韓愈資料彙編》所轉錄者。

㉑ 見〈原道〉。

㉒ 見〈原道〉。

㉓ 參陳寅恪先生〈論韓愈〉一文，載《金明館叢稿》初編，此據里仁書局民國七十年三月版。

㉔ 見《孟子·離婁下》。

㉕ 載《韓昌黎文集校注》卷一。

㉖ 參拙著〈韓愈原人與張載西銘〉一文，載《書目季刊》十八卷一期。

㉗ 此據文海出版社《韓愈資料彙編》所轉錄者。

㉘ 同注㉖。

（此文曾刊載於《孔孟學報》第六十期，民國七十九年九月出版）

韓愈〈伯夷頌〉的撰作主旨與表現技巧

伯夷叔齊，是商代孤竹君之二子，孤竹君死後，二人相互讓國逃去，武王伐紂，二人又叩馬而諫，不食周粟，終至餓死於首陽山上，孔子對於二人，已經稱許他們是「不念舊惡，怨是用希」❶，已經稱許他們爲「求仁得仁」，「古之賢人」❷，司馬遷在《史記》之中，也特別將他們置於列傳之首，加以表彰，那麼，何以韓愈仍要再加頌揚，韓愈此文，是否還另外有著一些新義存在呢？

曾國藩在《求闕齋讀書錄》中，評論韓愈此文，曾經說道：「舉世非之而不惑，此乃退之生平制行作文之宗旨也，此自況之文也。」曾國藩以爲，〈伯夷頌〉是韓愈的「自況之文」，指出韓愈意在藉著伯夷叔齊，以比況自己的心情與處境，以下，我們就試從這一線索，去了解韓愈撰寫此文的主旨與用心。

韓愈三歲之時，父仲卿卒，由兄嫂撫養長大，由於多歷艱辛，鍛鍊成他堅強的意志，二十歲以後，屢應進士試不第，年近三十，始入仕途，但也蹭蹬蹇澀，未能盡展所長。在學問上，他自幼讀聖賢之書，以宏揚孔孟仁義爲己任，以振興古文之道爲世倡，但是，却也遭遇到許多艱難與挫折，李漢在〈昌黎先生集序〉中說：「時人始而驚，中而笑且排，先生益堅，終而翕然隨以定。」正是韓愈當時倡道古文運動的實錄，因此，韓愈在撰寫〈伯夷頌〉時，不免就藉著頌揚伯夷的精神，而作爲自我鼓舞的力量，〈伯夷頌〉說：

士之特立獨行，適於義而已，不顧人之是非，皆豪傑之士，信道篤而自知明者也。

韓愈在此文開始，首先提出一個士人行爲的準則，是能「特立獨行」，不隨順士俗之見，而要具備符合「道義」的精神，且又能本著自己的信念而去行動實踐，因此，思想高明，見解卓越，才能稱得上是「特立」，行爲果決，卓犖不羣，才能稱得上是「獨行」，要之，「特立獨行」與「標新立異」「譁衆取寵」的不同，主要在一「義」字，士人的立身行事，對於「義」之一字，能夠有著明確的認知，深信而篤守，勇敢去承擔，無所畏於他人的非議，才能算是豪傑之士，才能算是具備了理想的人格，〈伯夷頌〉又說：

一家非之，力行而不惑者寡矣，至於一國一州非之，力行而不惑者，蓋天下一人而已矣，若至於舉世非之，力行而不惑者，則千百年乃一人而已矣，若伯夷者，窮天地亘萬世而不顧者也，昭乎日月不足為明，崒乎泰山不足為高，巍乎天地不足為容也。

由「一家非之」，到「一國非之」，到「舉世非之」，外來非議評論的力量愈大，愈見其人處境的艱困，但也愈發見出其人的信道之篤與自知之明，確實是信仰堅定、百折不撓的豪傑之士，眞正具有自反而縮、千萬人吾往的大無畏精神，「天下一人而已」，「千百年乃一人而已」，都是一種「虛寫」的手法，目的在於藉著層遞的技巧，以凸顯出下文中的「伯夷」，是擁有「窮天地亘萬世而不顧」的精神，是自有天地生民以來，眞能秉持道義、勇於承擔、而義無反顧的第一人，所以，才藉著日月之明、泰山之高、天地之廣的對照，以形容其精神的崇高博大，不可企及，〈伯夷頌〉又說：

> 當殷之亡，周之興，微子賢也，抱祭器而去之，武王周公，聖也，從天下之賢士與天下之諸侯而往攻之，未嘗聞有非之者也，彼伯夷叔齊者，乃獨以為不可，殷既滅矣，天下宗周，彼二子乃獨恥食其粟，餓死而不顧，繇是而言，夫豈有求而為哉，信道篤而自知明也。

商紂王暴虐無道，武王奉文王木主，俯從天下諸侯賢士民衆的心願，而率師前往攻伐，天下之人，未曾有非議之言，而伯夷叔齊，却叩馬而諫，以爲不可，他們的理由是：「父死不葬，爰及干戈，可謂孝乎？以臣弒君，可謂仁乎？」[3]以至殷亡之後，恥食周粟，採薇充饑，終至餓死於首陽山上，韓愈在此節中，主要是藉著諫止武王、餓死不顧兩件事情，表彰伯夷叔齊二人不求爲己的大公態度，犧牲生命的勇往精神，以及信道深篤、擇善固執、嚴明自守的可貴情操，在此節中，韓愈仍然承認武王周公是以至仁伐至不仁的「聖人」，同時，他也沒有否認伯夷叔齊是能夠秉持自己的信念而有所行動的「義人」[4]，他以爲，這種堅持理想，能對自己行爲負責的人，確是難能可貴而足資取法的，雖然，紂爲暴君，武王周公爲聖人，但是，以臣伐君，在古代，畢竟也是不值得鼓勵的行爲，何況，此例一開，人人將可以假藉順天應人的名義，遂行其以暴易暴的舉動，要之，在此節中，韓愈的目的，不在評論伯夷叔齊叩馬而諫行爲的是非得失，他的用心，是在表彰伯夷叔齊堅定理想、秉持信念、義無反顧的果決行爲，不懼非議的無畏態度，以及面對千萬人而勇往直前的勇敢精神，這才是伯夷叔齊最不可及的地方，也才是韓愈心目中最值得嚮往與最希望去效法的地方，〈伯夷頌〉又說：

> 今世之所謂士者，一凡人譽之，則自以為有餘，一凡人沮之，則自以為不足，彼獨非聖人而自是如此，夫聖人乃萬世之標準也，余故曰，若伯夷者，特立獨行窮天地亙萬世而不顧者也，雖然，微二子，亂臣賊子接跡於後世矣。

由於伯夷叔齊的行徑，自有其可貴與可法的一面，反之，相對地，以伯夷叔齊的行爲作標準，來檢視當前的社會，韓愈發現到，當前的一般世人，信心不足，是非無定，一凡人譽之，一凡人沮之，都可以隨時動搖他們的心思見解，隨便改變他們的行爲措施，因此，他們的思想行爲，也就變成隨波逐流，而漫無主見了，朱子在評論此文時，曾經說道：「此篇之意，所謂聖人，正指武王周公而言也，既曰聖人，則是固爲萬世之標準矣，而伯夷者，乃獨非之，而自是如此，是乃所以爲窮天地亙萬世而不顧者也。」❺朱子對於伯夷叔齊的堅持理想，有著精到的說明，因此，伯夷叔齊雖然並非「聖人」，却能夠堅持自己的理想，奉行自己的信念，舉世非之而不加沮喪，所以，也才格外令人感到欽佩，實則去「聖人」的標準，已不甚遠。在此節中，韓愈先是以古諷今，藉著伯夷叔齊的堅定不移，諷刺了當時一般士人的漫無定見，然後他又以古喻今，以勗勉自己去效法伯夷叔齊的堅定信念，力行不惑，並從而在心志上，堅定了自己在古文寫作方面名垂千古的信念，堅定了自己在古文運動方面卓然不朽的信念，因此，對於來自一般士人們的毁譽是非，自己也就更加不必置於心上，受其影響，而遽然爲之喜怒了。

在此文之末，韓愈提到了「微二子，亂臣賊子接跡於後世」的斷語，實則，伯夷叔齊二人的叩馬而諫，雖不能阻止武王伐紂的行動，但是，至少也可以使得後世之人了解，君臣的分際，是非的準則，對於後世君臣一倫的維繫，自也有其適當的貢獻，就像孔子修成《春秋》，雖然不能使後世無亂臣賊子，卻可以使後世的亂臣賊子，由此而懼一樣，因此，定猶豫、決是非、立人極，從這一角度去看，則伯夷叔齊的貢獻，應當也並不在小。

總之，韓愈撰作此文的目的，在假藉古人的身影，以投射自己的心情，以比喻自己艱苦奮鬥的立場，以鼓舞自己堅持理想的勇氣，以增強自己無所畏懼的精神，林琴南評論此文說：「昌黎頌伯夷，信己之必傳，故語及豪傑不因毀譽而易操。」又說：「伯夷不是凡人，敢為人之不能為，而名仍存于天壤，而已身自問，亦特立獨行者，千秋之名，及身已定，特借伯夷以發揮耳。」所論極為中肯，因此，韓愈所以撰作〈伯夷頌〉一文，主旨目的只是「自況」，表現技巧只是「譬喻」，要之，此文無論是在主旨與技巧方面，他都扣緊了一個「比」字，以作為抒發鋪衍的重心。

附注

❶ 見《論語・公冶長篇》。

❷ 見《論語・述而篇》。

❸ 見《史記・伯夷列傳》。

❹ 《史記・伯夷列傳》記武王伐紂，伯夷叔齊叩馬而諫，左右欲兵之，太公曰：「此義人也。」扶而去之。

❺ 見朱文公校《昌黎先生集》。

韓愈〈新修滕王閣記〉賞析

一、引言

韓愈所撰寫的〈新修滕王閣記〉❶，是一篇非常奇特的文章，因爲，這是一篇遊記性質的記敍文章，平常，一般人撰寫遊記，多數是記述自己在遊歷途中所看到的山川形勝，景物風光，一般的記敍文章，也多數是記錄自己親身接觸的種種見聞，但是，韓愈所撰寫的這篇〈新修滕王閣記〉，卻大異其趣，他既不曾身臨其境、實地參觀過滕王閣的風景，觀察修閣的經過，卻動筆寫成了這篇〈新修滕王閣記〉。

元和十四年春，韓愈因上表諫勸憲宗皇帝迎奉佛骨，而被貶謫爲潮州刺史，是年冬天，改任爲袁州刺史，十五年六月，詔令中書舍人王仲舒爲御史中丞，充江西觀察使，開府南昌，而適爲韓愈的上司，是年九月，王仲舒重修滕王閣，而以書信寄予韓愈，囑令爲記，韓愈受命之後，乃撰成此記，這是韓愈撰寫此文的背景。

二、賞析

韓愈長於古文，要他爲頂頭上司撰寫一篇文章，在他而言，本來應該是駕輕就熟的舉手之勞，但是，韓愈在撰寫此記之時，卻遭遇到一些不能避免的難題和困擾，使他不便於輕易動筆。

首先，滕王閣為江南著名的風景勝地，歷來描繪景物風光史蹟的作品，已經很多，在韓愈撰寫此記以前，至少已經有了三位王姓名人的佳作，一是王勃所作的〈滕王閣序〉，二是王緒所作的〈滕王閣賦〉，三是王仲舒所作的〈修滕王閣記〉❷，其中尤以王子安所撰寫的〈滕王閣序〉，英思壯釆，最稱傑出，因此，佳構在前，如何更上層樓，力勝舊作，就是韓愈在撰寫此文之時，所遭遇到的第一個難題。

其次，韓愈奉令撰寫此記，在此之前，他卻從來不曾到過南昌，也從來不曾參觀過滕王閣的景物大觀，因此，對於滕王閣的景物山川，在他而言，便也無法據實描繪，使之逼肖傳神，這是韓愈在撰寫此記之時，所遭遇到的第二個難題。

再次，王仲舒以頂頭上司的身份，囑令韓愈撰寫此記，自然也有借重韓愈的文名，以顯揚自己的用意存在❸，而且，滕王閣的重新修葺，既然全由王仲舒主理其事，則在記述修閣因由的記敍文中，自然也免不了對於上司有所誦譽、有所恭維，但是，以韓愈耿直倔強的個性而言，自然不願對於王仲舒個人作出過份的歌頌，因此，如何行文得體，避免諂諛，也是韓愈在撰寫此記之時，所遭遇到的第三個難題。

由於有著上述的三個難題，韓愈在撰寫此記之時，便採取了一些非常特別的寫作技巧。

第一、以不寫景觀為主幹

王勃是初唐四傑之一，他所撰寫的〈滕王閣序〉，高才絕唱，雄視千古，尤以描寫滕王閣及其周圍的風光景致，更是佳詞美句，膾炙人口，韓愈奉上司囑令，不得不撰寫此記，但是，私心衡量一下，如果也着重山川景物的描繪，則蹈襲舊途，勢必無法與王勃的舊作相比，更無法勝過王勃的舊作，因此，熟慮之後，決定改弦易轍，轉變寫作方向，以避免與前人作品內容的重複，所以，王子安的〈滕王閣序〉既以寫景爲名，韓愈此記，於是就力避風景的描繪，而另闢蹊徑，而以不寫景觀，爲其主幹。

以前，崔顥已有〈黃鶴樓題詩〉在先，等到李白再遊黃鶴樓時，乃興「眼前有景道不得，崔顥題詩在上頭」的感喟[4]，於是，只好放棄對於黃鶴樓的題詠，而改寫金陵鳳凰臺的風景，以李白的高才，尚且如此，在同一題材的寫作上，要讓崔顥獨步，我們可以推測，韓愈在撰寫〈新修滕王閣記〉時的心情，與李白當時徘徊在黃鶴樓下，以至於撰寫〈登金陵鳳凰臺〉時的心情，是十分相近的，因此，在〈新修滕王閣記〉中，我們幾乎看不到任何有關景物的描繪，清代儲欣批評韓愈此文，說它是「創格絕調」[5]，大約也是從韓愈這一有意相避的角度而立論的。

第二、以不至南昌爲線索

唐代分全國行政區爲十五道，江南西道所轄八州，洪州、江州、饒州、虔州、吉州、信州、撫州、袁州，其地約在今天江西江蘇一帶，地域並不十分遼濶，韓愈時爲袁州刺史，袁州州治，在今江西省宜春縣，距離南昌府城，也不太遠，韓愈爲了撰寫此記，如果堅持親往南昌一遊，也是合情合理的要求，也不至於爲上司王仲舒所不允，但是，他爲了替記文中不描寫山川景物尋覓藉口，因此，故意不前往南昌，也不前往參觀滕王閣周圍的風光名勝，因此，在記文中，他便可以據此而一再地強調他不曾到過南昌，也不曾參觀過滕王閣的景致了，記文開始即說：

愈少時，則聞江南多臨觀之美，而滕王閣獨為第一，有瑰偉絕特之稱。

便已點明韓愈在年少之時，即已心儀滕王閣的風景，而亟欲前往觀賞的意願，這是韓愈嚮往滕王閣的風景，而「耳聞其名」的第一階段。記文又說：

及得三王所為序賦記等，壯其文辭，益欲往一觀而讀之，以忘吾憂。

從少年時期，耳聞滕王閣風景之美，以致到了年齡漸長，讀到王勃王緒王仲舒三人所著有關滕王閣的文章，更加重了韓愈前往觀覽的意願，但是，這種意願，卻因爲「繫官於朝，願莫之遂」，而終於尚未達成，這是韓愈嚮往滕王閣的風景而「益欲往觀」的第二階段。記文又說：

十四年，以言事斥守揭陽，便道取疾，以至海上，又不得過南昌而觀所謂滕王閣者。

元和十四年春天，韓愈因諫迎佛骨之事，被貶謫到潮州爲刺史，本來，乘此機會，繞道南昌，前往潮州赴任，便也可以完成觀賞滕王閣的宿願，但是，朝廷的詔書切峻，要他迅速抵達任所，因此，只好尋找便捷快速的近路，以至濱海的潮州，於是，便又無法路過南昌而觀賞滕王閣了，這是韓愈嚮往滕王閣的風景，而「又不得過南昌」的第三階段。記文又說：

> 其冬，以天子進大號，加恩區內，移刺袁州，袁於南昌為屬邑，私喜幸自語，以為當得躬詣大府，受約束於下執事，及其無事且還，儻得一至其處，竊寄目償所願焉。

元和十五年冬，群臣上尊號，天子稱「元和聖文神武法天應道皇帝」，韓愈蒙恩受詔改任爲袁州刺史，而袁州屬於江南西道所管轄，江南西道的首府設於南昌，因此，韓愈私心自喜，以爲必將有機會訪問南昌，有機會觀賞滕王閣的風景，記文又說：

> 至州之七月，詔以中書舍人太原王公為御史中丞，觀察江南西道。

又說：

> 令修於庭戶，數日之間，而人自得於湖山千里之外，吾雖欲出意見，論利害，聽命於幕下，而吾州乃無一事可假而行者，又安得捨己所事，以勤館人，則滕王閣又無因而至矣。

王仲舒抵達南昌之後，政績修明，人吏洽和，州郡各地，幾無特殊意見，可以前往陳述，因此，韓愈前往南昌的心願，乃又未能達成，這是韓愈嚮往滕王閣的風景，而「無因而至」的第四階段。元和十五年九月，王仲舒下令重修滕王閣，十月竣工，記文又說：

工既訖功，公以衆飲，而以書命愈曰：「子其為我記之。」

又說：

其江山之好，登望之樂，雖老矣，如獲從公遊，尚能為公賦之。

重修滕王閣的工程完成之後，王仲舒囑令韓愈爲之撰記，韓愈受命撰成此記之後，仍然未能一至南昌，觀賞滕王閣的風景，他只能將遊賞滕王閣的心願，寄託在未來陪伴觀察使一同前往觀覽的機會上了，這是韓愈嚮往滕王閣的風景，而「未得造觀」的第五階段。沈德潛批評此文說：「總以未得造觀，生情作態，此記體中別行一路法也。」[6]林琴南也說：「當昌黎刺袁州時，王仲舒適觀察江南西道，即今之南昌，滕王閣本可立至，既爲王所屬作記，若寫江上風物，度之不能超過子安，故僅以不至爲塞責。」又說：「舍滕王閣外之風光，述觀察新來之政績，與修閣之緣起，力與王勃之序、王緒之賦相避，自是行文得法處。」[7]因此，韓愈在此記之中，所以要再三地強調他未至南昌遊覽滕王閣的心路歷程，主要的目的，是在受命唯謹，不得不撰寫此記的情況下，又不願重蹈前人描繪景物的舊轍，而在寫作方式上「出奇致勝」的一種技巧，否則，滕王閣相距並非遙不可及，爲了撰寫此記，本可理直氣壯的前往南昌，一窺究竟，而卻再三推說未能前往，則未免不近人情了。

第三、以不諛上司爲立場

韓愈爲人，秉性剛直，傲骨天生，雖然，受了上司的囑令，撰寫記文，是不得不作的事情，同時，滕王閣既屬王仲舒所重修，其勢也不得不稍加稱譽，但是，爲上司撰寫文章尚可，如果要韓愈過份地爲上司歌功頌德，揄揚諂諛，則不是韓愈的個性所能容忍的事情，因此，韓愈在〈新修滕王閣記〉之中，也嚴守著絕不諂諛上司的立場，即使是在必須稱道觀察使政績的地方，也僅用簡單的手法，一筆帶過，記文中說：

> 至州之七月，詔以中書舍人太原王公為御史中丞，觀察江南西道，洪江饒虔，吉信撫袁，悉屬治所，八州之人，前所不便，及所願欲而不得者，公至之日，皆罷行之，大者驛聞，小者立變，春生秋殺，陽開陰閉，令修於庭戶，數日之間，而人自得於湖山千里之外。

爲政之道，不外乎民之所欲予之，民之不欲去之，王仲舒初至任所，力行改革，舉凡百姓以爲不便不利之事，則立刻加以去除，百姓心中所願所欲之事，則立刻加以推行，因此，政治革新，人民稱便，在記文中，韓愈僅僅以「大者驛聞，小者立變，春生秋殺，陽開陰閉」，四句非常抽象的譬喻之辭，去評議觀察使改革政治的迅速，去邪存正的決心，這種論斷，無論如何，是不會讓人覺得作下屬的，有意在那裏諂諛上司，而懷疑其人格的卑下的，林雲銘曾說：「凡記修閣，必記修閣之人，況屬員爲上司執筆，尤當着意，若是俗手，定將王公政績，十分揄揚，轉入公餘之暇，從事江山之樂，伎倆盡矣，昌黎偏把欲遊未得遊之意作緣，三番四覆，把王公政績，於不經意中敍入。」❽這種分析，也正是韓愈不願意諂諛上司、直接稱揚上司政績的寫作心情和寫作技巧，同時，韓愈輾轉以無法至南昌陳詞爲言，也正是用以襯托出觀察使政績優良的一種方便手法。

另外，韓愈在撰寫此記之時，也非常留意自身的立場，既不能逾越公私的界域，也不願授人以話柄，因此，每當書寫到公私之際的界限時，他也格外地謹愼，記文中說：

> 袁於南昌為屬邑，私喜幸自語，以為當得躬詣大府，受約束於下執事，及其無事且還，儻得一至其處，竊寄目償所願焉。

袁州屬於江南西道的治下，爲刺史者，不免偶有公務，親往南昌，躬自處理，受命於觀察使的麾下，等到公務完畢，稍事優遊，藉此機會，觀賞一下滕王閣的名勝風光，那也是人情之常，自然也不會使人有「假公濟私」的譏誚，這是韓愈撰寫此記，極其留意自身立場的地方，記文又說：

> 今修於庭戶，數日之間，而人自得於湖山千里之外，吾雖欲出意見，論利害，聽命於幕下，而吾州乃無一事可假而行者，又安得捨己所事，以勤館人，則滕王閣又無因而至焉矣。

韓愈希望是在公餘之暇，順道一遊滕王閣的勝景，但是，如果本州沒有公務必須前往辦理，沒有意見必須前往提出，沒有利害必須前往陳述，甚至「無一事可假而行者」，那麼，韓愈也絕對不願意揑造事件，假造理由，前往南昌，謁見觀察使，去勞師動衆，而又荒廢本州的公務的。

另外，對於滕王閣的重新整建，韓愈在此記之中，也敍述得十分得體，而使觀察使得以免於爲人所議論，記文中說：

> 其歲九月，人吏淡和，公與監軍使燕于此閣，文武賓士，皆與在席，酒半，合辭言曰：「此屋不修且壞，前公為從事此邦，適理新之，公所為文，實書在壁，今三十年，而公來為邦伯，適及期月，公又來燕於此，公烏得無情哉？」公應曰：「諾」。

王仲舒在三十年前，曾在南昌執役公務，爲從事之官，也曾經修葺過滕王閣，並且曾撰有〈修滕王閣記〉一文，勒石壁端，三十年後，王仲舒重臨舊地，而官爲封疆大吏的觀察使，因此，幕下的文武賓士們，才動以舊情，希望王仲舒能重修經已損舊的滕王閣，韓愈在此，先敍述了重修舊閣的緣由，記文又說：

> 於是棟楹梁桷板檻之腐黑撓折者，蓋瓦級甎之破缺者，赤白之漫漶不鮮者，治之則已，無侈前人，無廢後觀。

滕王閣上腐黑撓折的木材，破爛殘缺的瓦料，模糊骯髒的牆壁，都是整治修理的目標，但是，整修的原則卻是，不宜踵事增華，奢侈綺靡，只需恢復舊貌，使供後人得以觀賞便可，因此，記文中「無侈前人，無廢後觀」兩句，韓愈也爲王仲舒在使用公帑方面，留下了「適當」的定評，也杜塞了旁人非議的悠悠之口。

三、結　語

韓愈在〈新修滕王閣記〉一文之末寫道：

> 愈既以未得造觀爲歎，竊喜載名其上，詞列三王之次，有榮耀焉。

韓愈以自己所撰寫的文章，能夠勒石在滕王閣上，能夠附刻在三位王姓作者的文章後面，而引以爲榮，那三位王姓的作者，或者是名重當代，或者是貴爲顯爵，因此，韓愈以「詞列三王之次」，而引以爲榮，在當時，也許有幾分眞實，另一方面，韓愈在當時，已經文名藉甚，他自稱詞列三王之次，而有榮耀，自然使得王仲舒也大爲欣喜，自然也是一種推譽觀察使的技巧與方式，不過，世事的變化，也是很難逆料的，在當時，韓愈以能詞列三王之次爲榮，但是，在今天看來，除了王勃之外，王緒和王仲舒的文章早已失傳，三王（至少是二王）到是要假藉韓愈此文以傳世知名，到是要以詞列韓愈之次而以之爲榮了，爵位的崇卑，又何足爲貴呢！

韓愈奉令撰寫〈新修滕王閣記〉，自然不能不以「修閣之人」與「修閣之事」爲此文的重心，因此，此文自然要以觀察使王仲舒重修滕王閣爲主導，但是，由於在這篇文章裡，韓愈將自己嚮往滕王閣的心情，以及未嘗一至滕王閣的事實，作爲撰文的線索，貫串在全文之中，因此，細讀之下，反而使人覺得，韓愈本身，才是此文眞正的骨幹，這種情形，也許正是韓愈在奉令撰寫此文時另一種「反客爲主」的寫作技巧吧！

附注

❶ 滕王閣爲唐高祖子元嬰爲洪州都督時所建，後元嬰封爲滕王，故以爲名，舊址在今江西省新建縣城西章江門外。

❷ 王勃字子安，唐龍門人，嘗卽席作滕王閣序，都督閻伯嶼驚爲天才。王緒生平不詳。王仲舒，唐祁人，字弘中，元和中爲蘇州刺史，中書舍人，江西觀察使。

❸ 憲宗元和十五年，韓愈撰此記時，已五十二歲，早已名聞四方。

❹ 見《唐才子傳》。

❺ 見《昌黎先生全集錄》。

❻ 引見黃華表《韓文導讀》。

❼ 見《韓柳文研究法》。

❽ 見《古文析義》。

（此文曾刊載於國立中興大學《中文學報》第二期，民國七十八年一月出版）

韓愈創作古文的心路歷程

——韓著〈答李翊書〉析義

一、引言

韓愈雖然是古文的大家，但是，他討論創作經驗的文章，卻不多見，在他的文集中，只有〈答劉正夫書〉、〈答李翊書〉、〈與馮宿論文書〉等幾篇文章，曾經敍述到古文創作的理論與經驗，一般而言，〈答劉正夫書〉是強調了「立言宗旨」，〈答李翊書〉是着重在「用工級次」，〈答馮宿論文書〉則是推闡了「著書究竟」❶，其中，尤以〈答李翊書〉，韓愈自述了一己學爲文章的親身經驗，創作古文的心路歷程，在上述三篇文章之中，最爲重要，也最可提供作爲後人參考學習印證的資料。

〈答李翊書〉作於德宗貞元十七年，韓愈三十七歲，任職四門博士之時，韓愈七歲開始發蒙讀書❷，刻苦自勵，學問日進，至此，讀書爲學，已經接近了三十年，累積的經驗，已不在少，因此，在〈答李翊書〉中，才將他自己經歷過的種種甘苦，回溯一番，出其心得，用以示人，無寧是最可寶貴的經驗之談。

二、析義

〈答李翊書〉，可分爲三個部分，前言與後語，論述了書信緣起及文章應用，而最爲重要的，卻是中間那一大部分討論爲學撰文，「用工級次」的話語，對於這一部分，前人也曾有許多不同的分析，像林琴南就曾分析爲五個階段❸，戴君仁則分析爲三個階段❹，個人在所編輯的《韓文選析》之中，則分析爲九個階段，以下，再行斟酌，仍分爲九個階段，也就是九個層次，試加疏釋，以彰明韓愈在古文創作時的「用工級次」與「心路歷程」。

(一) 立志高遠，不求小成

〈答李翊書〉說：「將蘄至於古之立言者，則無望其速成，無誘於勢利，養其根而俟其實，加其膏而希其光，根之茂者其實遂，膏之沃者其光曄，仁義之人，其言藹如也。」這是在從事爲學作文之前，韓愈先行提出來的心理準備，他以爲，如果人們立志高遠，不安於流俗，而以古人「立言不朽」，作爲自己效法企慕的目標，那麼，就應當不急於求成，不欲見速效，也當持身立己，不被外來的權位利祿所引誘，以免隨順世俗之見，而輕易地鬆懈了自己的努力，甚而放棄了自己的理想，因爲，只有在默默地耕耘之中，才能逐漸打下穩固的基礎，扎下堅實的根本，就如同種植樹木一樣，只要能灌漑施肥，必將有豐碩的收穫，也如同燃點油燈一樣，只要能施加油脂，必將有明亮的燈光出現，因此，古文寫作，也必須注重內在的充實，既誠於中外，才會有外在的藹然可親，使人願意接近。在這一層次之中，韓愈除了提出基礎需要穩固深厚之外，尤其強調了名利之心，對於從事寫作的危害，更是值得立志高遠，企求立言不朽的人，所應該深加警惕的。

(二) 取法乎上，志期聖賢

〈答李翊書〉又說：「始者，非三代兩漢之書不敢觀，非聖人之志不敢存。」韓愈主張爲學作文，要由摹仿入手，在〈答劉正夫書〉中，他曾說道：「或問爲文宜何師，必謹對曰，宜師古聖賢人。」因此，他最注重厚植基礎，同時，他也主張，爲學作文之人，如要厚植基礎，立志高遠，必須取法乎上，心存希聖希賢的大志，熟讀三代兩漢古人優秀的作品，浸淫在高標準的園地之中，日久天長，潛移默化，才能夠不安於小成，不流於末俗，將來寫出來的作品，也才能逐漸地形成自己的風格，卓然有以樹立。

(三) 沉潛致志，實踐力行

〈答李翊書〉又說：「處若忘，行若遺，儼乎其若思，茫乎其若迷。」人生在世，不論從事那種行業，凡能有所成就，必曾付出辛勞，必然曾經有過一段沉潛力學，專心致志的經歷，在這段時期中，意有所主，心有所忘，往往思索入迷，寢食多廢，因此，給予外人的印象，往往也是心不在焉的樣子，韓愈在〈送高閑上人序〉中說：「雖外物至，不膠於心。」同樣也是這種痴迷情況的說明，要之，無論從事任何工作，都必須有此一段若忘若遺、若思若迷的專注精神，才能有其功成的一日，否則，凡事掉以輕心，浮光掠影，淺嚐輒止，也只能終生成爲門外漢的過客而已，成功是不會自行前來叩門的。

(四) 推陳出新，追尋創造

〈答李翊書〉又說：「當其取於心而注於手也，惟陳言之務去，戛戛乎其難哉！其觀於人，不知其非笑之爲非笑也。」從事古文創作，雖不免先從摹仿入手，但是，從摹仿之中，仍然需要去逐漸產生心得，逐漸走上創新的道路，韓愈在〈答劉正夫書〉中說道：「師其意，不師其辭。」已經指出在創新之初，要先求文辭的變化，先求掃落一切陳舊通俗的言辭，在文章的外表上，先給人煥然一新的感覺，然後再進而追求文章內容的創造，如此推陳出新，雖然是十分艱難，但是，由此而不走因循的舊徑，才能逐漸步上「能自樹立」的目標，不過，世人安於故常，若有人企圖改革創新，則必然違反舊章，忤逆流俗，而見棄於當世之人，而爲當時之人所非議所譏笑，李漢在〈昌黎先生文集序〉中，說到韓愈在倡導古文運動時，曾經提道：「時人始而驚，中而笑且排，先生益堅，終而翕然隨以定。」在世人的排斥笑侮之下，韓愈能夠堅持自己的理想，而不屈服放棄，才能獲得最後的成功，也才能得到卓然自立的創新成就，在立言不朽的道路中，這似乎已是一項不可避免的矛盾情結了。

(五) 端正趨向，掃去駁雜

〈答李翊書〉又說：「如是者亦有年，猶不改，然後識古書之正僞，與雖正而不至焉者，昭昭然白黑分矣，而務去之，乃徐有得也。」韓愈主張爲學作文，應由摹仿入手，而逐漸走上創新之路，因此，他也特別注意取法乎上，注重「非三代兩漢之書不敢觀」，但是，三代兩漢之書，數量繁多，性質駁雜，也並不宜於一律去等量齊觀，而應有所抉擇，就像他指出的「孟氏，醇乎醇者也，荀與揚，大醇而小疵」（〈讀荀〉）一樣，因此，韓愈提到，用功力學，多歷年所，才能逐漸分辨古書的孰正孰僞，孰醇孰疵，以及雖醇而猶有小疵之類，但是，此事也必須浸潤日久，自然成熟，不能勉強以求，等到學問漸漸成熟，判斷力增強，自然能夠分辨出黑白清濁的不同，在此一階段，既已建立了自己的判斷能力，自然可以隨時棄去有瑕疵的知識，隨時調整自己的方向，以便使得自己的學識，逐漸步入更加醇正的境地。

㈥ 學務心得，卓然自立

〈答李翊書〉又說：「當其取於心而注於手也，汩汩然來矣，其觀於人也，笑之則以爲喜，譽之則以爲憂，以其猶有人之說者存也，如是者亦有年，然後浩乎其沛然矣。」充實學識，使得自己基礎深厚，趨向端正，漸趨成熟，一旦取以作文，流露在筆端的，自然是源源不斷的靈感睿思，自然是取之不竭的辭藻文采，左右逢源，得心應手，文思泉湧，正如有源活水，不虞枯竭。至於「笑之則以爲喜，譽之則以爲憂」，則是一種立志振拔於流俗以外的作爲，也是一種「無誘於勢利」的英勇表現，在擧世風從、隨俗而靡的情況下，要能夠不與妥協，勇於抗衡，堅守立場，千萬人吾往，那又需要具備多大的勇氣呢！韓愈在〈與馮宿論文書〉中說：「小稱意人亦小怪之，大稱意即人必大怪之。」又說：「小慚者亦蒙謂之小好，大慚者即必以爲大好。」也同樣都是這種不詭隨世俗的取向，所表現出來的自立情況。

(七) 糟粕盡去，合於正道

〈答李翊書〉又說：「吾又懼其雜也，迎而距之，平心而察之，其皆醇也，然後肆焉。」這是指出，在爲學作文的途徑中，再一次地反省審察，人們只有在不斷地反省自己的缺點，不斷地改正自己的缺點，才能夠獲得不斷地進步，而不至於停滯不前、驕傲自滿、目空一切，謂己爲賢，所以，只有深知反省，平心靜氣，才能夠保持客觀的心靈，去正視自己的過錯，以便去改正求進，直到醇正無疵，無一雜質，然後才放心向前，大步邁進。

(八) 將養護持，保而勿失

〈答李翊書〉又說：「雖然，不可以不養也，行之乎仁義之途，游之乎《詩》《書》之源，無迷其途，無絕其源，終吾身而已矣。」爲學作文，與世上一切事情相同，都是不進則退的，只有掌握根本，充實內在，隨時努力，求取進步，才能保而勿失，成爲有源頭的活水，新新不已，永遠保持沛然的生機，韓愈爲學作文，以原道宗經爲基石，以詩書仁義爲中心，不斷地培養保護，才能逐漸邁向立言不朽的高峯。

(九) 配義養氣，充實其文

〈答李翊書〉又說：「氣，水也；言，浮物也；水大而物之浮者大小畢浮，氣之與言猶是也，氣盛，則言之短長與聲之高下者皆宜。」養氣的說法，最先由孟子提出，不過，在《孟子》書中，「養氣」只是一種個人內在德性的修養工夫，與文學無關，到了曹丕，在《典論•論文》之中，才提出「文以氣爲主」的說法，才將「氣」運用到文學作品方面，但是，那也只是指明作者的一種資質，還不是指文學作品的本身，直到韓愈，才正式強調了「氣」在文學作品中的重要價值，其實，韓愈所說的文氣，與孟子所說的「養氣」，也並非毫無關係，韓愈所強調的「文氣」，其內在的根源，仍然是從個人內心的「仁義」「道德」培養而來，誠中形外，有了充實的內在德性，才能形成文章中充沛的氣勢，而表現在外，所以，韓愈要以「行之乎仁義之途，游之乎《詩》《書》之源」，去作爲養其「氣」的基礎，蘇洵在〈上歐陽內翰書〉中曾說：「韓子之文，如長江大河，渾浩流轉，魚黿蛟龍，萬怪惶惑。」正是指陳韓愈古文中氣勢的充沛，同時，那也正是韓愈在古文創作中所要養成的目的哩！

三、結語

在〈答李翊書〉中，韓愈敍述了他自己近三十年間爲學作文的親身經驗，創作古文的心路歷程，作家的經驗，金針度人，是最可珍貴的，也最值得提供給有志寫作的人們去作參考，因此，藉著〈答李翊書〉，一方面，可以作爲我們從事寫作的方向與指引，另一方面，也可作爲我們學習寫作時隨時印證得失的資料，它的功用，是深深地值得我們去重視的。

附注

❶ 見儲欣《唐宋十大家全集錄》，此據文海出版社《韓愈資料彙編》所轉錄。

❷ 見韓愈〈與鳳翔邢尚書書〉，載《韓昌黎文集校注》卷三。

❸ 見林紓《韓柳文研究法》。

❹ 見戴君仁先生〈韓愈答李翊書〉一文，載《梅園雜著》中。

試論韓愈〈答李翊書〉中「氣」與「養氣」的意義

韓愈在〈答李翊書〉中，藉著李翊之問，將自己創作古文的心路歷程，學爲文章的用功級次，和盤托出，他從「始者，非三代兩漢之書不敢觀，非聖人之志不敢存，處若忘，行若遺，儼乎其若思，茫乎其若迷」，到「惟陳言之務去」，到「然後識古書之正僞」，到「浩乎其沛然矣」，到「其皆醇也」，層層細述，娓娓道來，以作爲度人的金針，在敍述完以上的階段之後，他又進一步地提出了「氣」與「養氣」的問題，韓愈說道：

> 雖然，不可以不養也，行之乎仁義之途，游之乎詩書之源，無迷其途，無絕其源，終吾身而已矣，氣、水也，言、浮物也，水大而物之浮者大小畢浮，氣之與言猶是也，氣盛則言之短長與聲之高下者皆宜。❶

韓愈在〈答李翊書〉中，雖然只說到「氣」，而未曾連言「養氣」二字，但是，從上下文來看，氣需要養，因此，「養氣」的意念，在韓愈此文之中，是十分明顯的。

「養氣」之說，發自孟子，只是，孟子所謂「吾善養吾浩然之氣」❷的「養氣」，純粹是一種德性的修養，到了曹丕，他在《典論・論文》中提出了「文以氣爲主」的主張，才首先將「氣」應用到文學作品方面，不過，他接著又說：「氣之清濁有體，不可力強而致，譬諸音樂，曲度雖均，節奏同檢，至於引氣不齊，巧拙有素，雖在父兄，不能以移子弟。」曹丕所說的「氣」，是指作者的才性才氣，卻還不是指文章的本身，直到韓愈，才正式將「氣」應用到文章之中，他所說的「氣」，大體上，是指文章的氣勢，是指在文章中的一種「文氣」，只是，這種「文氣」，究竟是怎樣一種情況？又是從何而來？又將怎樣去培養而獲得呢？這些，仍然要從孟子的養氣之說著手，去加以了解，《孟子·公孫丑篇》說：

「敢問夫子惡乎長？」曰：「我知言，我善養吾浩然之氣。」「敢問何謂浩然之氣？」曰：「難言也，其為氣也，至大至剛，以直養而無害，則塞於天地之間，其為氣也，配義與道，無是餒矣，是集義所生者，非義襲而取之也，行有不慊於心，則餒矣。」

孟子在回答公孫丑的問題時，說出了浩然之氣，是至大至剛，是充塞於天地之間，無所而不在的，但也需要由人們逐漸去培養，才能夠產生而擁有的，至於培養的方法，則是要以仁愛的胸懷，正直無私的精神，配合正義與公理的行爲，從無數次的事項磨練中，去實踐合乎正義的善事，去實踐合乎公理的善行，時時自我反省，是否所行符合正直，是否所行違離正道，如此，才能逐漸累積善行，滙集善事，時日既久，心中才能理直而氣壯，自然感覺到具有一股浩然廣大的氣勢，充塞在自己的心胸之中，由是而昂然無懼，而勇往直前，因此，浩然之氣，完全是由人們自己本身逐漸去培養而產生的，是經由積善集義的工夫而逐漸成熟，自然而產生的，絲毫不能勉強求效，卻不是由於人們去偶行一善，偶行一義，便可以僥倖而得到的，如偷竊而獲取一般。

孟子這種道德修養的浩然之氣，這種培養浩然之氣的方法，雖然與韓愈的「文氣」及「養氣」的方法，並不全同，但卻有著極其密切的關係，韓愈的「文氣」，是指在文章之內，有一股沛然莫之能禦的氣勢，貫穿其中，尤其是當人們略一諷誦文章之時，這股氣勢，更是恍如一種長江大河的洪流，力道充沛，暢通無阻，滾滾逼人而來，因此，韓愈在〈答李翊書〉中，便以「水」來比喻「氣」，以「浮物」來比喻「語言文字」，他認爲，「水大」則浮物也隨之浮升，「氣盛」則聲音文章辭理也隨之暢行無礙，略無粘滯，要之，韓愈的這種「文氣」，與孟子的「浩然之氣」，性質上十分相近，只是，一則充塞於文章之中，一則蘊涵於人們的德性之內而已。

另外，韓愈的「文氣」，又是從何而來？人們又該如何去加以培養呢？傳統上，國人最講究「誠於中，形於外」，有其體，才能有其用，孟子曾經說道：「可欲之謂善，有諸己之謂信，充實之謂美，充實而有光輝之謂大。」[3]也是主張，內有所主，發之於外，自然有所符應，而光華燦爛，韓愈在〈答尉遲生書〉中，也曾說道：「夫所謂文者，必有諸其中，是故君子慎其實，實之美惡，其發也不揜，本深而末茂，形大而聲宏，行峻而言厲，心醇而氣和。」[4]同樣主張，文章的外表，就是作者內在思想感情修養的表現，因此，對於「文氣」的培養，韓愈主張，首重德性的醇厚，思想的充實，義理的精純，見解的正確，因此，韓愈在〈答李翊書〉中，敍述到自己學爲文章的心路歷程時，便曾一再地提到，「非三代兩漢之書不敢觀，非聖人之志不敢存」，這正是他端正思想的方向，志期於聖賢的事業，而刻苦讀書，充實內在學識的開始，至於「處若忘，行若遺，儼乎其若思，茫乎其若迷」，則是他沉潛心志，專意用功的形象描繪，等到「識古書之正僞，與雖正而不至焉者」，「浩乎其沛然矣」，則是深造有獲，心得之妙，逐漸有成的景象，進而至於「迎而距之，平心而察之，其皆醇也」，才是盡去學識思想上的糟粕，而更爲接近正道的境地了，以上是韓愈培養學識思想的基本進程，也是韓愈培養文章內在氣勢的基本工夫，正如孟子「養氣」時「集義」的工夫一樣。

在〈答李翊書〉中，韓愈接著又說：「雖然，不可以不養也，行之乎仁義之途，游之乎《詩》《書》之源，無迷其途，無絕其源，終吾身而已矣。」這是韓愈對於充實自己內在學識以及培養自己文章氣勢的總說明，因此，「仁義道德」，「詩書禮樂」，才是韓愈最爲注重的「正確途徑」與「眞正根源」，無論是在道德修養方面，或者是在文章氣勢方面，都是需要去時時將養護持，才能逐漸有其「浩乎其沛然」的成就，而不至於發生餒息的情況。

要之，韓愈所說的「氣」，與孟子所說的「浩然之氣」，十分相似，韓愈培養文章氣勢的方法，與孟子「集義養氣」的方法，在基本上也並無二致，只是，孟子的「養氣」，純粹是一種個人德性的修養工夫，孟子的「浩然之氣」，也純粹是一種個人德性修養所能達到的境界；韓愈的「養氣」，則是一種充實思想學識與培養文章氣勢的工夫，韓愈的「文氣」，則是一種充塞在文章之中，沛然莫禦的氣勢；然而，也只有此些許差異而已，沈德潛在評論韓愈〈答李翊書〉時曾經說道：「以古之立言爲期，自道其甘苦，而終之以養氣，究之所以養氣者，行乎仁義之途，游乎《詩》《書》之源，與孟子所云養氣者異，而未嘗不同也。」❺確是適當地指出了韓愈「養氣」與孟子「養氣」兩者之間的關係。

韓愈在他的古文創作之中，經常以持續不斷的文義，長短交錯的文句，快速的節奏，一氣貫下，以氣勢駕馭文字，以氣勢主導文章，因此，在一段文章之中，往往句讀雖可點斷，而文義則綿亘不絕，氣勢也一貫傾瀉而下，因而形成了一股文章內在氣勢的洪流，最易使人體悟到一種氣勢磅礴的感覺，這種感覺，當人們在張口啓齒，放聲疾讀之時，感受也最爲眞切，例如〈送楊少尹序〉中說：

> 不知楊侯去時，城門外送者幾人，車幾兩？馬幾疋？道邊觀者，亦有歎息知其為賢以否？而太史氏又能張大其事，為傳繼二疏蹤跡否？不落莫否？

「不知」二字，文義一直貫串到「不落莫否」，又如〈柳子厚墓誌銘〉中說：

> 嗚呼！士窮乃見節義，今夫平居里巷相慕悅，酒食游戲相徵逐，詡詡強笑語以相取下，握手出肺肝相示，指天日涕泣，誓生死不相背負，真若可信，一旦臨小利害，僅如毛髮比，反眼若不相識，落陷穽，不一引手救，反擠之，又下石馬者，皆是也。此宜禽獸所不忍為，而其人自視以為得計，聞子厚之風，亦可以少媿矣。

「嗚呼，士窮乃見節義」，文義一直貫串到「又下石焉者，皆是也」，一直貫串到「亦可以少媿矣」，這都是文章可以點斷，而文義不可點斷，因而造成文章氣勢強勁的例子，蘇洵在〈上歐陽內翰書〉中說：「韓子之文，如長江大河，渾浩流轉，魚黿蛟龍，萬怪惶惑，而抑絕蔽掩，不使外露，而人望見其淵然之光，蒼然之色，亦自畏避，不敢逼視。」也正是強調了韓愈古文中由於這種「氣勢」所產生的效果。

韓愈以後，討論文章氣勢的意見，與韓愈之說，最爲接近的，是明代的宋濂，宋濂在〈文學篇序〉中說：

天地之間，至大至剛，而吾籍之以生者，非氣也邪？必能養之而後道明，道明而後氣充，氣充而後文雄，文雄而後追配乎聖經，不若是不足謂之文也。❻

宋濂所說的養氣，與孟子所養的浩然之氣，都是指德性的氣，也與韓愈所從事的養氣，恰好相似，至於宋濂所說的「氣充而後文雄」，則正與韓愈所說的「氣盛，則言之短長與聲之高下者皆宜」之說，適相符合，也可以取與韓愈之說，相互印證。

至於韓愈以後，討論到文章的氣勢時，頗具見解的，則當推劉大櫆、姚鼐、曾國藩等人，他們對於在文章之中，「因聲求氣」的方法，闡釋得都十分精要，只是，其中有些意見，已經超出了韓愈「文氣」之論的範圍，已經不是本文討論的重心，在此就不再詳爲評議了。

附注

❶ 見《韓昌黎文集校注》卷三，此據世界書局景馬其昶校注本，下引並同。
❷ 見《孟子・公孫丑上》。
❸ 見《孟子・盡心下》。
❹ 見《韓昌黎文集校注》卷二。
❺ 引見黃華表《韓文導讀》。
❻ 引見朱榮智《文氣論研究》。

（此文曾刊載於《孔孟月刊》二十九卷四期，民國七十九年十二月出版）

韓愈〈送楊少尹序〉的寫作技巧

楊巨源，字景山，是唐代蒲州（今山西省永濟縣）人，德宗貞元五年（西元七八九年）進士及第；以能詩聞名，曾有「三刀夢益州，一箭取遼城」的名句，爲白居易所推崇。官至國子司業，以詩教授弟子，多成其藝。文宗太和中（八二七）以爲河東少尹，不領職務。年滿七十時，告老還鄉，退歸田里，歲給祿以終其身。由於韓愈嘗爲國子祭酒，與楊巨源有同僚之誼，因此，乃作此序文相贈。只是由於楊巨源的生平行事太過普通，他既不是顯赫的官宦，又不是文壇的高才，在道德、功業、學問各方面，都未嘗有不朽的表現，缺乏值得特別強調的地方。因此，這篇贈序本來是難以下筆的，何況又想要寫得當行出色呢！

韓愈的〈送楊少尹序〉，一共分爲四段。而以其中第二、三兩段的「對比」技巧最爲特殊，也最爲重要。在第一段中，韓愈寫道：

> 昔疏廣、受二子，以年老，一朝辭位而去，于時公卿設供帳，祖道都門外，車數百輛，道路觀者，多歎息泣下，共言其賢。漢史既傳其事，而後世工畫者又圖其迹，至今照人耳目，赫赫若前日事。

韓愈撰寫此文之初，起筆卻放開楊巨源；從唐代一筆而躍上漢代，一躍千年，從漢代開始，從漢代的賢人中找出了疏廣與疏受叔侄二人，作爲起筆描寫的對象。

疏廣，字仲翁，漢蘭陵（今山東省嶧縣）人，少好學，明春秋。廣兄子受，字公子，好禮恭謹。漢宣帝時，疏廣曾任太子太傅，疏受曾任太子少傅，職位重要而且責任重大。二人雖是叔侄，年齡卻非常接近，都有賢德之名，受國人尊敬。後來同時上疏告老，回歸故鄉，宣帝和太子贈送他許多厚禮。《漢書》卷七十一記載：族人嘗勸疏廣購買田宅，以貽子孫，疏廣答稱：「賢而多財，則損其志；愚而多財，則益其過。」始終不肯治田產，還將錢財分贈給故舊之需要者。他這種鼓勵子女自立自主，不求依賴祖蔭的教育態度，不僅深受時人稱許；同時，他的這句話語，也已成爲千古的名言。因此，無論從哪一方面去觀察比較，人們都會感覺得到，疏廣、疏受在歷史上的評價，要高出楊巨源甚多。

在〈送楊少尹序〉的第一段中，韓愈從疏廣、疏受二人入手，描寫二疏年老辭位退休離京的情形，既有公卿同僚設供帳，在都門外飲宴送行；到場相送的公卿巨宦，爲數極多，車輛即已至數百乘之多；而且道旁往來觀看的行人，也有很多在感動流淚，歎息賢人的隱退。這一幅餞別送行的場面，不但班固在《漢書》的〈疏廣傳〉中曾加記載，後世著名的畫家像晉代的顧愷之、梁朝的張僧繇等，且都曾繪有「羣公祖二疏圖」，將二疏離京送行之事，描繪出來，流傳後世，供人觀覽。韓愈就在此文的第一段中，簡潔生動地將二疏當時告老退休的情形，刻畫出來，作爲下文用以「對比」的資料。〈送楊少尹序〉第二段說道：

> 國子司業楊君巨源，方以能詩訓後進，一旦以年滿七十，亦白丞相，去歸其鄉。世常說古今人不相及，今楊與二疏，其意豈異也？予忝在公卿後，遇病不能出，不知楊侯

去時，城門外送者幾人？車幾輛？馬幾匹？道邊觀者，亦有歎息知其為賢以否？而太史氏又能張大其事，為傳繼二疏蹤跡否？不落莫否？見今世無工畫者，而畫與不畫，固不論也。

在此第二段中，韓愈文勢一收，才突然轉入本題，敍述到楊巨源的事蹟，說他年滿七十，稟報丞相，告老還鄉；然後引出「世常說古今人不相及」，作爲發問之語。再引入自己的判斷：「今楊與二疏，其意豈異也（耶）？」一般世人以爲古代和現代不同，古人和今人不同；因此，也以爲歷史是不會重演的。但是，韓愈卻從楊巨源事蹟與二疏事蹟的相似上，肯定了「歷史是會重演」的意念。因此，他也以爲：楊巨源的情形可以與二疏相提並論。這就是韓愈所想要表達的主旨。至於讀者們讀此文時，都會想到的疑問——如果楊巨源可以與二疏比肩，那麼二疏還鄉時送行的場面，楊巨源告老退休時是否也同樣具有呢？這是一個韓愈必須回答的問題。因爲，如果楊巨源離京送行的場面太過於冷清，那麼韓愈又怎能以楊氏與二疏相比？又怎能說楊巨源足以與二疏比肩呢？對於這個問題，韓愈卻換了一種應付的辦法，他說他自己「遇病不能出」。對於楊巨源，他應該送行，卻因病無法送行；因此，他無法知道送行的場面有多少人？有多少車馬？以及是否有道路邊歎息的羣衆？因此，在送行的場面上，韓愈用「虛寫」的方式，將楊巨源可能不如二疏的地方輕輕帶過。至於史官立傳與畫師作畫兩事，則是未來尚不可知的事情，結果也在有無不定之間。要之，在上述的這一層「對比」之中，韓愈是以二疏爲主，以楊巨源爲客，而以楊巨源去與二疏作出比較。實際上所傳達的效果，卻是強烈地在暗示：楊巨源的清風高節，足以比肩二疏。因此，就在這一層的「對比」中，韓愈已經很技巧地將楊巨源的地位評價，從低於二疏，提升到同於二疏的地步了。〈送楊少尹序〉第三段說道：

然吾聞：楊侯之去，丞相有愛而惜之者；白以為其都少尹，不絕其祿；又為歌詩以勸之，京師之長於詩者，亦屬而和之。又不知當時二疏之去，有是事否？古今人同不同，未可知也！

在這第三段中，韓愈使用了另外一個層次的「對比」工作，他用「吾聞」作開端，說到楊巨源的告老退休，丞相以其才學俱佳，特稟報天子，命楊巨源返回河中府之後，仍舊擔任少尹之官；既可以繼續貢獻才智，又可以服務鄉里，同時，也繼續享有國家的俸祿，以示敬老尊賢之意。此外，丞相還親撰詩歌，用以贈別，京城士人，也有大批相和的詩作。因此，韓愈問道：像這樣的三件事情：退休後復爲少尹，不絕俸祿，歌詩送行，不知當時二疏離開京城之時，是否也有相同的情形？由於二疏肯定不會具有上述情形，兩者有所不同，因此，韓愈便將其牽連到「古今人同不同，未可知」的觀點上去，而引申出「歷史是不會重演」的結論。要之，在這一層的「對比」中，韓愈卻是轉以楊巨源爲主，以二疏爲客；而以二疏去與楊巨源作出比較。實際上所傳達的效果，卻是強烈地在暗示：二疏的一些事蹟，不足與楊巨源相提並論。因此，在這一層的對比中，韓愈已經很技巧地將楊巨源的地位評價，從同於二疏，提升到超越二疏的地步。

總之，韓愈在這篇序文的第二、第三兩段之中，以兩層「對比」的手法，加以描述。第二段以「不知楊侯去時」，作爲發疑之辭。第三段以「又不知當時二疏之去」，作爲發疑之辭。第二段「虛寫」，第三段「實敍」。藉著二疏作爲梯階，很巧妙地將楊巨源從一個不甚重要的地位，層層比較遞升，而推挹到具有比二疏更爲重要的地位上去。也從而將一篇難以着筆的文章，轉化爲一篇生動活潑翻騰利落的文章，從而達成了表彰楊巨源的目的。〈送楊少尹序〉第四段說道：

中世士大夫以官爲家，罷則無所於歸。楊侯始冠，舉於其鄉，歌鹿鳴而來也；今之歸，指其樹曰：「某樹，吾先人之所種也；某水某丘，吾童子時所釣遊也。」鄉人莫不加敬，誡子孫以楊侯不去其鄉爲法。古之所謂鄉先生沒而可祭於社者，其在斯人歟！其在斯人歟！

韓愈在此文的末段中，從士大夫的以官爲家，退休後即久居長安爲發端，而對照出楊巨源告老返鄉的不尋常舉動；並且代爲預設地說出楊巨源在返鄉之後必然發生的一些小事件：「某樹，吾先人之所種也；某水某丘，吾童子時所釣遊也。」藉著這些小事件，使得楊巨源重又回到童年的記憶之中。一方面，強調了家鄉的可愛；另一方面，也用以安慰楊巨源離別久居之地長安的傷感之情。最末，韓愈又使出了一記「險招」，他提出了一個令老年人不願面對的尷尬問題——「沒」與「祭」。對於年老退休返鄉的楊巨源而言，這個問題，本來是極端排斥的；但是，韓愈卻在此文中提出了這個問題，而楊巨源在閱讀此段之後，可想而知，只有內心更加愉快，而不至於有所憤怒，因爲，「不朽」的價值，遠超過了「沒」與「祭」的尷尬哩！何況，這一段話，也更加肯定了楊巨源在鄉人心目中的崇高地位啊！

清代文評家林雲銘在其《古文析義》中評論此文說：「七十，致仕之年也，楊侯原不得爲高。增秩而不奪其俸，亦國家優老之典也，楊侯又不得爲奇。至於贈行唱和，乃古今之通套，而不去其鄉，尤屬本等之常事。看來無一可著筆處，昌黎偏尋出漢朝絕好的故事來，與他辭位贈秩及歌詩數事，有同有不同處，彼此相形，作了許多曲折。末復把中世絕不好的事作反襯語，逼出他歸鄉之賢。便覺件件出色，皆從無可着筆處着筆也。」他的意見，對於了解韓愈此文的寫作技巧，自然也是極有幫助的。

（此文曾刊載於《國語日報》之〈書與人〉第六四〇期，民國七十九年二月出版）

韓愈〈祭田橫墓文〉與王安石〈讀孟嘗君傳〉

宋人王安石的〈讀孟嘗君傳〉，雖然只是一篇不滿一百字的短文❶，但是這篇文章，精簡勁練，議論中理，確是傑作佳構。李剛己批評此文說：「此文筆勢峭拔，辭氣橫厲，寥寥短章之中，凡具四層轉變，眞可謂尺幅千里者矣。」❷吳闓生批評此文也說：「此文乃短篇中之極則，雄邁英爽，跌宕變化，故能尺幅中具有萬里波濤之勢。」❸因此，許多古文選本中都選錄了這篇文章。像《古文觀止》，對於王安石的作品，在《王荊公文集》六十多卷數百篇之中，只選擇了四篇文章，其中就包括了這篇〈讀孟嘗君傳〉。

筆者喜讀唐人韓愈的文章，在《昌黎先生集》卷二十二中有一篇〈祭田橫墓文〉❹，從立論內容方面看，從寫作技巧方面看，與王安石的〈讀孟嘗君傳〉，都非常「神似」，這兩篇文章，最相似的地方，是文章中那幾層「轉折」的議論部分。以下，先將兩者列舉出來，再作個比較。

韓愈〈祭田橫墓文〉：

①當秦氏之敗亂，得一士而可王。

②何五百人之擾擾，而不能脫夫子於劍鋩？

③抑所寶之非賢，亦天命之有常。

王安石〈讀孟嘗君傳〉：

①不然，擅齊之強，得一士焉，宜可以南面而制秦。

②尚何取雞鳴狗盜之力哉？

③夫雞鳴狗盜之出其門，此士之所以不至也。

暴秦滅亡，諸侯相爭，田儋、田榮、田橫兄弟，先後繼立爲齊王。漢高祖統一天下後，田橫與其客五百人亡入海島。高祖召之，田橫赴洛陽，至半途，自剄而死。其客五百人聞之，皆自剄而死，以殉田橫。高祖聞之，嘆曰：「於是乃知田橫兄弟能得士也。」❺韓愈在德宗貞元十一年（西元七九五年）赴洛陽途中，道經田橫墓，撰此文祭之。此文「轉折」處，共分爲三層，他除了感歎田橫能得士之外，第一、他覺得田橫在當時，若眞能得一賢士，即可以稱王於天下。第二、何以有五百賢人之衆，而不能脫田橫於一死呢？第三、他因此懷疑田橫的五百門客，是否稱得上是眞的賢士。

王安石的〈讀孟嘗君傳〉，議論「轉折」，也分爲三層，第一、他認爲：以齊國的強大，如果眞能得一賢士，便可以制秦死命而稱王天下。第二、孟嘗君何必要依賴鷄鳴狗盜之徒的力量，才能逃離秦國呢？第三、他也感歎，就是因爲鷄鳴狗盜出於孟嘗君之門，以致眞正的賢士羞與爲伍，不願前往；孟嘗君的門下，才因此而缺乏了眞正的賢士。

大略比較上述這兩篇文章的結構方式，和立論重點，就會發現：這兩篇文章確實是非常相似的。其實，早在南宋末年，就有人提出這兩篇文章相似的論調了，謝枋得（**疊山**）的

《文章軌範》中，評王安石〈讀孟嘗君傳〉一文說：

> 一篇得意處，只是：「擅齊之強，得一士焉，宜可以南面而制秦，尚何取雞鳴狗盜之力哉？」先得此數句，作一篇文字，然亦是祖述前言，韓文公〈祭田橫墓文〉云：「當秦氏之敗亂，得一士而可王。何五百人之擾擾，而不能脫夫子於劍鋩？抑所寶之非賢，亦天命之有常？」介甫蓋自此篇變化來。

謝枋得已經指出，王安石此文的重點部分，是採取了韓愈的用意。所以，陳玉滿在《黃嬭餘話》卷二中也說：

> 介甫巧偷，却被疊山抉出。然猝讀之，亦自令人不覺。此正是盜狐白裘手也。❻

但是，高步瀛在《唐宋文學要》中，卻不贊成陳氏的意見。他說：

> 後人用意，偶與前人相同者，往往有之，不得遽指為巧偷。陳氏語言輕薄，殊屬無謂。

說王安石是「巧偷」，說他的〈讀孟嘗君傳〉是「偷」自韓愈的〈祭田橫墓文〉，自然過分。陳氏的話，也不免「語言輕薄」。但是，要說王安石的〈讀孟嘗君傳〉絲毫不曾受到韓愈的〈祭田橫墓文〉的影響，恐怕也是不公平的說法。梁啓超在所著的《王荊公》❼一書中，談到王安石的文章時，曾說：

昌黎，則荊公所自出也。盧陵（歐陽修）與荊公同學昌黎，而公待之在師友之間者也。盧陵贈公詩曰：「翰林風月三千首，吏部文章二百年；老去自憐心尚在，後來誰與子爭先？」公酬之云：「欲傳道義心雖壯，強學文章力已窮；他日若能窺孟子，終身何敢望韓公。」是盧陵深許公能追跡昌黎，而公欿然不敢以自居也。

從梁任公的議論中，可以知道，王安石學爲文章，是終身以師法韓愈爲目標的，荊公對韓愈的欽敬，甚至於還超過了孟子，而歐陽修也稱美王安石的文章最能逼肖昌黎先生。從這個角度去探索，對於王安石那篇〈讀孟嘗君傳〉，我們仍然要借謝枋得的話來說，多少是「祖述前言」的，多少也曾受到昌黎先生那篇〈祭田橫墓文〉的影響。

附注

❶ 王安石〈讀孟嘗君傳〉全文九十字如下：「世皆稱孟嘗君能得士，士以故歸之；而卒賴其力，以脫於虎豹之秦。嗟乎！孟嘗君特雞鳴狗盜之雄耳！豈足以言得士！不然，擅齊之強，得一士焉，宜可以南面而制秦；尚何取雞鳴狗盜之力哉？夫雞鳴狗盜之出其門，此士之所以不至也！」

❷ 引見高步瀛《唐宋文舉要》。

❸ 見《古文範》。

❹ 韓愈〈祭田橫墓文〉全文如下：「貞元十一年九月，愈如東京，道出田橫墓下；感橫義高能得士，因取酒以祭，爲文以弔之，其辭曰：『事有曠百世而相感者，余不自知其何心！非今世之所稀，孰爲使余歔欷而不可禁。余既博觀乎天下，曷有庶幾乎夫子之所爲？死者不復生；嗟余去此其從誰？當秦氏

之敗亂，得一士而可王。何五百人之擾擾，而不能脫夫子於劍鋩？抑所寶之非賢，亦天命之有常？昔闕里之多士，孔聖亦云其遑遑。苟余行之不迷，雖顛沛其何傷？自古死者非一夫子，至今有耿光。跽陳辭而薦酒，魂髣髴而來享。』」

❺ 見《史記・田儋傳》。

❻ 引見高步瀛《唐宋文舉要》。

❼ 此據中華書局《飲冰室合集》本。

（此文曾刊載於《國語日報》之〈書和人〉第五九五期，民國七十七年五月出版）

韓愈〈答劉秀才論史書〉的寫作背景

唐憲宗元和八年三月二十二日，韓愈自國子博士改任比部郎中，史館修撰，同年六月九日，韓愈有〈答劉秀才論史書〉之作，此書信中曾經說道：

> 夫史者，不有人禍，必有天刑，豈可不畏懼而輕為之哉？唐有天下二百年矣，聖君賢相相踵，其餘文武之士，立功名跨越前後者，不可勝數，豈一人卒卒能紀而傳之邪！

又說：

> 且傳聞不同，善惡隨人所見，甚者附黨憎愛不同，巧造語言，鑿空構立善惡事迹，於今何所承受取信，而可草草作傳記令傳萬世乎？若無鬼神，豈可不自心慚愧，若有鬼神，將不福人。❶

劉秀才致韓愈的原書，今已亡佚，劉秀才或云名軻，字希仁，韓愈是時既爲史官，想係劉秀才致書相勉撰史，故韓愈方作此書回答，在此信中，韓愈以爲凡作史者，「不有人禍，必有天刑」，並舉歷代修撰史書的學者，如孔子、齊太史、左丘明、司馬遷、班固、陳壽、王隱、習鑿齒、范曄、魏收、宋孝王等人，鮮有善終的事實，作爲支持自己觀點的證據，然後申論傳聞不同、善惡失實，史官秉筆記錄之不易，以及鬼神降禍刑人之可畏，同時，他並說道：

「僕年志已就衰退，不可自敦率，宰相知其無他才能，不足用，哀其老窮，齟齬無所合，不欲令四海內有戚戚者，猥言之上，苟加一職榮之耳，非必督責迫蹙，定就功役也。」以作爲自己推卸撰史工作的託辭。元和九年正月二十一日，柳宗元有〈與韓愈論史官書〉之作，時柳宗元貶在永州，任職司馬，已經九年，書中曾經說道：

> 獲書言史事，云具與劉秀才書，及今乃見書藁，私心甚不喜，與退之往年言史事甚大謬，若書中言，退之不宜一日在館下，安有探宰相意，以為苟以史榮一韓退之耶？若果爾，退之豈宜虛受宰相榮己，而冒居館下，近密地，食奉義，役使掌固，利紙筆為私書，取以供子弟費？古之志於道者，不若是，且退之以為，紀錄者有刑禍，避不肯就，尤非也，史以名為褒貶，猶且恐懼不敢為，設使退之為御史中丞大夫，其褒貶成敗人愈益顯，其宜恐懼尤大也。❷

在此信之首，柳宗元表示，對於韓愈答劉秀才論史之書，「私心甚不喜」，因爲，那「與退之往年言史事甚大謬」，所謂「退之往年言史事」之說，是指德宗貞元八年的〈答崔立之書〉，書信中曾經說道：「求國家之遺事，考賢人哲士之終始，作唐之一經，垂之於無窮，誅姦諛於既死，發潛德之幽光。」❸〈答崔立之書〉，作於韓愈二十五歲，登進士第後，復三試吏部不第之時，崔立之以書勉之，韓愈作此書回答，其時少年意氣方盛，自負甚大，所以稱不能得卿大夫之位，則將「作唐之一經，垂之無窮」，以誅姦諛，發幽光，是即以修撰史書爲一己之任也，但是，到了元和八年，韓愈任史館修撰之時，他的年齡已經四十六歲，在歷盡了人世的艱困之後，他的豪情壯志，不免消磨了許多，所以，在〈答劉秀才論史〉的書信中，持論已大異於往日，因此，也爲柳宗元所極不喜歡，柳宗元在〈與韓愈論史官書〉中又說：

> 又言不有人禍，則有天刑，若以罪夫前古之為史者，然亦甚惑，凡居其位，思直其道，道苟直，雖死，不可回也，如回之，莫若亟去其位。

韓愈所謂的「不有人禍，必有天刑」，自然也是針對「前古之爲史者」而說的，柳宗元於是針對韓愈之所「惑」，指出孔子的「不遇而死，不以作《春秋》故也」，「雖不作《春秋》，孔子猶不遇而死也」，以至於范曄、司馬遷、班固、左丘明、子夏等人，雖則撰修史書，卻都不是由於人禍天刑而致喪生死亡的，他又舉出周公史佚既遇且顯的例子作反證，以批評韓愈的這一論斷，是「不可以爲戒」的，他並率直地指出，「凡鬼神事，眇茫荒惑無可準，明者所不道」，他也勉勵韓愈，身爲史官，既居其位，就應該直道而行，不應多所顧慮本身的利害安危，眞能夠直道而行，即使刀鋸在前，死亡隨之，也不應該屈從邪枉，否則，屈從邪枉，即已不配擔當史官正直的工作，不如儘早去位歸鄉，以免受到竊位素餐的譏誚，因此，柳宗元又說：「退之宜守中道，不忘其直，無以他事自恐，退之之恐，唯在不直，不得中道，刑禍非所恐也。」他勉勵韓愈，要堅守史官大公正直的立場，「可爲速爲，果卒以爲恐懼不敢，則一日可引去。」要之，在這封書信中，柳宗元希望韓愈能夠秉承史官正直的立場，忠實地去記錄歷史，使得信史能夠傳留後世，而不應該畏懼鬼神與刑禍，顧慮自身的安危及利害，而偏頗地變改了公正的立場。

柳宗元與韓愈二人，曾經同時任官爲監察御史，私交篤厚，何以爲了史官立場一事，而私心不悅，而疾顏厲色地與之爭辯？韓愈對於撰修史書的觀點，何以又前後不同，差異如此之大呢？

德宗貞元十九年，柳宗元爲藍田縣尉，因御史中丞李汶之薦，得以入京爲監察御史，時翰林待詔王叔文，密結翰林學士韋執誼，並接引柳宗元、劉禹錫、呂溫、韓曄、陳諫、凌準、李景儉等人，相爲朋黨，而王叔文出入東宮，隨侍太子李誦，常爲太子言民間疾苦，頗受愛幸，叔文等也私自圖謀，俟太子即位，將大有作爲，貞元二十年九月，太子李誦得風疾，不能言語，貞元二十一年正月，德宗崩，太子李誦即位，改元永貞，是爲順宗，韋執誼爲宰相，王叔文爲起居舍人翰林學士，柳宗元爲禮部員外郎，大赦天下，免租稅，廢宮市及五坊小兒，罷進獻等諸弊端，一時氣象更新，大有作爲，三月，宦官俱文珍等以順帝久病不癒，中外危懼，擁立廣陵王李淳爲太子，五月，王叔文謀奪宦官兵權不成，以母喪去位，七月，順宗下詔，令太子監國，八月，順宗禪位，太子即位，是爲憲宗，九月，王韋黨人皆連坐貶謫，柳宗元先貶爲邵州刺史，繼又貶爲永州司馬，而於十二月抵達永州任所。

憲宗元和八年十一月，宰相李吉甫以前史官韋處厚所撰〈順宗實錄〉三卷，未能周悉，而令韓愈另行修撰[4]，其實，順宗皇帝在位，不到一年，時間甚短，史事不繁，憲宗皇帝繼位，剛才八年，相距不遠，史料不缺，修撰實錄，並非難事，何以短期之內，既令韋處厚修撰於前，又命韓愈撰修於後呢？原來，憲宗爲宦官俱文珍等脅迫順宗而擁立的天子，對於永貞年間，順宗所支持信任的王韋黨人，在政治上的諸多更張，不無介然於懷，自然想要假藉韓愈之手，將〈順宗實錄〉中的歷史紀錄，撰寫得對自己更爲有利，以彰明王韋黨人政爭的惡跡，韓愈在〈進順宗皇帝實錄表狀〉❺中，雖然只說到實錄的重修，是由於李吉甫批評韋處厚的舊作「云未周悉」，但是，憲宗皇帝及其手下重臣，在短短的時間之內，就急切地要去再度重撰先帝的實錄，其用心是不難明瞭的，這種情況，韓愈自然也知之甚稔。

在永貞朝政爭事件之中，王韋黨人是徹底的失敗者，柳宗元也是徹底的失敗者，他空有滿懷的抱負，崇高的理想，「以中正信義爲志，以興堯舜孔子之道，利安元元爲務」❻，卻仍然落得貶謫到荒遠地區的下場，現實上，他雖然是政爭下的失敗者、犧牲者，爲權貴世俗所輕鄙所垢病，心理上，他卻期望能夠在歷史上獲得公正的評價，在史册上留下忠實的記錄，期望藉之得到後世人們的了解與體諒，了解整個事件的眞相，體諒他那急切用世的苦心，但是，他也知道，現實是殘酷的，即使是祈求在歷史上得到公平的審判，憲宗皇帝以及其他的政敵們，也不會輕易地給他們這種機會的，他只有將這種機會，這種希望，寄託在親爲老友的韓愈身上，這也就是柳宗元爲什麼要迫不及待地貽書韓愈，力論史官立場的原因，以及韓愈爲什麼會持論前後矛盾，心情煎熬痛苦，以至於左右爲難、進退失據的原因了。

明瞭到這種複雜的背景之後，我們再來回顧一下韓柳二人討論史官的書信，就不難了解到他們的言語與用心，而韓愈所以要枚擧歷代史官的天刑人禍，畏懼於心，對於修史之事，重加推託，不肯接受「督責迫蹙令就功役」，不敢「一人卒卒（猝猝）能紀而傳之」，其用心，也就不難明白了，而柳宗元所以要強調史官堅守「中道」立場的重要，強調「退之爲御史中丞大夫，其褒貶成敗人愈益顯」的意義，強調「鬼神事眇茫荒惑無可準，明者所不道」的觀念，強調史官「刑禍無所恐」，「卒以爲恐懼不敢，則一日可引去」的態度，其用心，也就不難明白了。

在天子與權臣的命令下，在多方關係的顧慮下，韓愈仍然開始從事於史籍修撰的工作，並且於元和十年，撰成了新訂的《順宗實錄》五卷，敬獻給憲宗皇帝御覽，至於流傳後世，至今仍然存在的《順宗實錄》[7]，是否就是韓愈撰修的原本？是否已曾經過他人的刪改？雖然不敢十分確定，但是，大體上，應該可以視作是韓愈撰修時的面貌，則是可以肯定的。

在現存的《順宗實錄》中，記錄永貞政爭，韓愈在敍述事件的經過時，就事論事，據實而錄，態度尚可稱爲公允，對於王韋黨人在政治改革方面的措施，像廢宮市、廢五坊小兒、出後宮並教坊女妓等，都給予了正面的肯定，至於在評論人物方面，只是對於王韋二人，有著較爲嚴厲的批評，他批評王叔文「朋黨諠譁，榮辱進退，生於造次，惟其所欲，不拘程度」[8]，批評韋執誼「巧惠便辟，媚幸於德宗，而性貪婪詭賊」[9]，除此之外，對於柳宗元等其他黨人，則只是說到王叔文「密結韋執誼，幷有當時名，欲僥倖而速進者，陸質、呂溫、李景儉、韓曄、韓泰、陳諫、劉禹錫、柳宗元等數十人，定爲死交，而凌準、程異等，又因其黨而進，交遊蹤跡詭秘，莫有知其端者」[10]，因此，韓愈在《順宗實錄》中，在史書記載中，對於柳宗元等，最嚴格的批評，也只是「有當時名，欲僥倖而速進」而已，評論人物，可說是採取了十分寬恕的態度。

要之，韓愈的〈答劉秀才論史書〉，有其撰寫時的複雜背景，而柳宗元的〈與韓愈論史官書〉，寫於韓愈受命撰修《順宗實錄》之後，也自有其撰寫時的特殊目的，柳宗元在書信之中，確是希望韓愈能夠秉持史官的「直道」，忠實地記錄永貞政爭事件的經過與眞相，希望能讓後世的人羣，明瞭自己急切用世的心情，明瞭王韋黨人眞正的立場，希望在現實的壓迫下，能夠不爭一時，而爭千秋，至於韓愈，雖不免徘徊在事實的公理正義與個人的安危利害之間，而深感苦惱，而煞費思量，而難以取捨，又苦念著他與劉柳等人的深厚友誼，但是，從現存《順宗實錄》中的記載去作觀察，則韓愈在理智與感情的兩者之間，畢竟也已作出了明智的抉擇，而柳宗元的那封書信，對於韓愈修撰《順宗實錄》的立場及態度，也曾經產生重大的影響，則是毋庸置疑的事實。

附注

❶ 見《韓昌黎文集校注》〈文外集〉卷上，此據世界書局出版本。

❷ 見《柳河東集》卷三十一，此據河洛出版社景印本。

❸ 見《韓昌黎文集校注》卷三。

❹ 此據韓愈〈進順宗皇帝實錄表狀〉所記，而《舊唐書‧韓愈傳》所記，與此略異。

❺ 見《韓昌黎文集校注》卷八。

❻ 見〈寄許京兆孟容書〉，載《柳河東集》卷三十。

❼ 見《韓昌黎文集校注》〈文外集〉卷下。

❽ 見《順宗實錄》卷四。

❾ 見《順宗實錄》卷五。

❿ 見《順宗實錄》卷五。

（此文曾刊載於國立中興大學《中文學報》第四期，民國八十年一月出版）

韓愈〈柳州羅池廟碑〉析論

一、緒言

在唐代古文運動的發展史上，韓愈與柳宗元，是兩位最重要的推動者，他們二人不但在文學創作上，取得了傑出的成就，同時，二人更是交誼深厚的朋友。

韓愈生於唐代宗大曆三年（西元七六八年），柳宗元生於代宗大曆八年（七七三），韓愈較柳宗元年長五歲。

唐德宗貞元十九年（八〇三），韓愈、柳宗元、劉禹錫三人皆在京城，同官爲監察御史，交誼篤厚，是年冬，韓愈因言事被貶爲陽山令，順宗永貞元年（八〇五），王叔文、韋執誼亟欲用事，並得到柳宗元、劉禹錫、呂溫、韓曄、陸淳、陳謙、韓泰、凌準、程異等人的相助，從事政治改革，同年八月，順宗禪位憲宗，王韋等人的政治改革失敗，柳宗元被貶爲永州司馬，劉禹錫被貶爲朗州司馬，時韓愈改任爲江寧法曹參軍，柳宗元劉禹錫二人赴任路過江寧，三人曾經相會。

憲宗元和十年（八一五）正月，柳宗元與劉禹錫奉詔北歸，回到長安，時韓愈在京，任考功郎中知制誥，三人又曾相晤，三月，柳宗元出爲柳州刺史，劉禹錫出爲連州刺史，元和十四年（八一九）正月，韓愈因諫佛骨事，被貶爲潮州刺史，十月，改授袁州刺史，十一月八日，柳宗元卒於柳州，病重時，曾詒書劉禹錫，託以編次遺集，又詒書韓愈，託以撫養孤弱。

柳宗元去世之後，劉禹錫撰有〈祭柳員外〉及〈重祭柳員外文〉，韓愈撰有〈祭柳子厚文〉及〈柳子厚墓誌銘〉，三年後，又撰有〈柳州羅池廟碑〉。

韓愈所撰寫的〈柳州羅池廟碑〉一文，不僅文辭優美，感情豐富，而且，所敍述柳宗元在柳州的種種政績，也足供考察，有助於知人論世之用，本文之作，即就〈柳州羅池廟碑〉，詳爲分析，兼加評論，以彰顯韓愈此文的特色，並闡明柳宗元對於柳州地方的貢獻。

二、寫作技巧

柳宗元去世之後，韓愈追懷亡友，先後撰寫了三篇悼念性質的文章，較早是〈祭柳子厚文〉，撰於憲宗元和十五年（八二〇）初，韓愈蒞任袁州刺史之始，是年稍後，又撰作〈柳子厚墓誌銘〉，及至穆宗長慶三年（八二三），韓愈爲吏部侍郎時，又撰作〈柳州羅池廟碑〉，三四年間，他撰寫了三篇性質接近的文章，因此，在寫作的技巧上，三篇文章的內容，便不能不各有偏重，而儘量去避免重複的地方。

在〈祭柳子厚文〉❶中，韓愈以韻語寫作，表露了追悼之情，內容重點，一方面，是感歎柳宗元雖有卓越的才華，卻不能爲當世所重用，因此他說：「子之自著，表表愈偉」，「子之文章，而不用世」，另一方面，則是感歎人生在世的虛幻無常，所以他說：「人之生世，如夢一覺」，「子之中棄，天脫馽羈」。

在〈柳子厚墓誌銘〉❷中，韓愈依次敍述了柳宗元的「祖考世系」、「學識名聲」、「貶在永州」、「柳州政績」、「柳劉交誼」、「身後得失」、「卒後諸事」等幾個重點上，其中，最重要的，是「柳劉交誼」及「身後得失」兩項，所以，韓愈在敍述柳宗元與劉禹錫的友誼，以及柳宗元願意「以柳易播，雖重得罪，死不恨」時，便大段地加入了自己的感歎，「嗚呼，士窮乃見節義，今夫平居里巷相慕悅，酒食游戲相徵逐，詡詡強笑語，以相取下，握手出肺肝相示，指天日涕泣，誓生死不相背負，眞若可信，一旦臨小利害，僅如毛髮比，反眼若不相識，落陷穽，不一引手救，反擠之，又下石焉者，皆是也，此宜禽獸夷狄所不忍爲，而其人自視以爲得計，聞子厚之風，亦可以少媿矣」，那一大段長達一百二十一個字的警策之言，以表彰柳宗元與劉禹錫二人生死友誼的可貴，也諷刺了世俗之間，見利忘義的醜惡面貌。在敍述柳宗元的身後得失時，寫到柳宗元雖不爲當世所重用，卻反而能夠獲得閒暇的時間，發揮他在文學上的長才，反而使得他自己的文學辭章創作，別鑄成就，也必能夠永傳後世，因此韓愈說：「然子厚斥不久，窮不極，雖有出於人，其文學辭章，必不能自力以致必傳於後如今，無疑也，雖使子厚得所願，爲將相於一時，以彼易此，孰得孰失，必有能辨之者」，確實，富貴通顯，財帛利祿，與道德文章，萬世榮名，何者爲得，何者爲失，「必有能辨之者」，韓愈在此，也從而肯定了柳宗元在文學創作上的不朽地位。

〈柳州羅池廟碑〉❸既然撰寫於上述兩篇文章之後，那麼，上述兩篇已經敍述過的內容重點，在〈柳州羅池廟碑〉之中，便不得不儘量迴避，才能使三篇文章，內容不盡重複，因此，〈柳州羅池廟碑〉中所敍述的重點，依次便放在「宗元在柳州政績」、「記述神異靈驗」、

「宗元生平事蹟」、「迎享送神歌辭」等幾個部分。上述四項重點，其中「記述神異靈驗」與「迎享送神歌辭」，是〈祭柳子厚文〉與〈柳子厚墓誌銘〉中所不曾敍述過的，至於「宗元在柳州政績」與「宗元生平事蹟」，雖在〈柳子厚墓誌銘〉中，已曾加以敍述，只是，詳略卻有不同，關於「宗元在柳州政績」方面，在〈柳子厚墓誌銘〉中，僅止敍述了柳宗元設法贖歸民間貧窮奴婢一事，在〈柳州羅池廟碑〉中，卻說明了柳宗元在柳州的好幾件政治上的措施，當然，羅池廟位在柳州，碑文中便自然以柳宗元在柳州的政績爲優先，而多加詳述了。關於「宗元生平事蹟」方面，則在〈柳子厚墓誌銘〉中，對於柳宗元的生前卒後，祖先世系，仕宦變遷，敍述得比較詳細，在〈柳州羅池廟碑〉中，卻僅只簡單地敍述了二十八個字而已，不過，那二十八個字，卻也是力重千鈞，「柳侯，河東人，諱宗元，字子厚，賢而有文章，嘗位於朝，光顯矣，已而擯不用」，既然是「賢」而又能「文章」，也曾仕於朝廷，也曾有過光彩聲華，耀人耳目，卻突然遭到「擯」而「不用」，其中的是非曲直，已經是不言而喻了，這二十八個字，也透露了韓愈對於柳宗元的不爲世用，貶斥遠方，作出了不平的申訴和反映。

總之，韓愈爲悼念亡友柳宗元所撰寫的三篇文章，在內容的重點上，則是儘量避免事件記述的重複，即使在無法避免重複記述的內容上，也儘量採取詳略不同的表現方式，而使三篇文章，能夠互相配合，互相彌補，而達至各有重心、各具特色的目的，這是一種構思擒詞、謀篇布局的工夫，也是一種臨文動筆之前的命意技巧，錢基博在《韓愈志》上說：「〈柳子厚墓誌銘〉，悲子厚之不自貴重，爲交道言之也，〈柳州羅池廟碑〉，記柳侯之民有遺愛，以民意言之也。柳州之政，亦見〈柳子厚墓誌銘〉，然不過以著生平之一節，而重在寫其文學辭章，必能自力以致必傳於後，而〈柳州羅池廟碑〉，則重在敍柳州之政，而柳侯之生平，亦不可不略著其概。」又說：「讀者於此，可悟篇外之結構，而細玩兩篇，互相牝牡，意不相複，而辭亦異趣。」❹吳闓生在《古文範中》於韓愈〈柳子厚墓誌銘〉說：「韓柳至交，此文全力發明子厚之文學風義。」於〈柳州羅池廟碑〉說：「此神廟碑也，故與〈墓誌銘〉同記一人一事，而文體迥殊，合觀之，可悟作文之法。」❺對於韓愈所撰前述兩篇文章的寫作技巧，錢吳二人的評論，確實是極爲中肯的見解，即使再加上一篇〈祭柳子厚文〉，一共是三篇韓愈悼念柳宗元的文章，我們也可以借用錢氏和吳氏的話來說：——細味三篇，互爲配合，意不相複，而辭亦異趣，且文體迥殊，合觀之，可悟作文之法。

三、柳州政績

唐憲宗元和十年（八一五）正月，柳宗元在永州突然接到聖旨，召還京師，這時，離他初到永州時的順宗永貞元年（八〇五），已經相距了十一年，但是，當他回到長安，還不到兩個月的時間，在三月中，卻又奉詔出爲柳州刺史，六月下旬，他抵達柳州，當時，他已經四十三歲。柳宗元原本有極爲強烈的政治抱負，他也是懷著那種抱負，去參加王叔文與韋執誼的政治改革活動，等到改革失敗，他被貶謫到永州時，因爲身居司馬的閒職，雖然想要貢獻自己的心力，從事政治的興革，卻是無能爲力，他只能藉著一些寓言作品，諸如〈捕蛇者說〉、〈宋清傳〉、〈種樹郭橐駝傳〉等，去寄託他的不滿，另外，也寫下了不少遊賞山水的記錄。但是，到了柳州之後，由於刺史是直接負責地方行政的長官，因此，在柳州的幾年，他把胸中的政治理想，儘量地實施，對於柳州地方的積弊，也儘量地改革，也因此，那幾年，忙碌的結果，文學作品便相對地減少了許多。在〈柳州羅池廟碑〉中，韓愈用了許多筆墨，細敍了柳宗元在柳州的政績，碑文說：

> 柳侯為州，不鄙夷其民，動以禮法，三年，民各自矜奮。

又說：

> 於是民業有經，公無負租，流逋四歸，樂生興事，宅有新屋，步有新船，池園潔修，豬牛鴨雞，肥大蕃息，子嚴父詔，婦順夫指，嫁娶葬送，各有條法，出相弟長，入相慈孝，先時民貧，以男女相質，久不得贖，盡沒為隸，我侯之至，按國之故，以傭除本，悉奪歸之，大修孔子廟，城郭巷道，皆治使端正，樹以名木，柳民既皆悅喜。

在唐代，柳州仍然是偏僻貧窮落後的地方，但是，柳宗元到達柳州之後，致力改革，僅僅過了三年，却已使得柳州在各方面，都有了極大的進步，柳宗元在柳州的政治績效，分析起來，有下列幾點：

(一) 富庶民生經濟

民以食爲天，柳州的貧窮，是柳宗元首先致力改革的目標，韓愈在〈柳州羅池廟碑〉中所記述的「民業有經，公無負租，流逋四歸，樂生興事，宅有新屋，步有新船，池園潔修，豬牛鴨鷄，肥大蕃息」，是柳州人民生活獲得改善，民生富庶以後的繁榮景象，由於人民有經常的職業，也才使得民衆都有能力繳交租稅，也因爲人民的生活富庶，才使得流亡到別處謀生的災民，大批地返回故土，民生的富庶，加上人力的充沛，因此，民衆樂於振興各種事業，從而帶動了社會更加富裕，經濟更加進步，幾乎戶戶都建有新屋安居，人人外出都備有新船代步，家家的池塘園地都整建一新，家畜孳生，都蕃息碩大，那自然是一幅欣欣向榮的情況，《柳河東全集》❻附錄載有黃翰〈祭柳侯文〉，曾說：

> 公無負租，私有積倉，居處有屋，濟川有航，黃柑綠柳，至今滿鄉。

這是柳宗元死後四百多年，柳州刺史黃翰爲文祭祀柳宗元時，在祭文中敍述到柳宗元爲柳州所締造的富庶情況，四百年後，仍然維持當年的繁榮，祭文中所敍述的情況，也正可與韓愈在〈柳州羅池廟碑〉中所敍述的，作一印證，由於柳宗元在柳州的政績優良，百姓感念至深，所以，黃翰在祭文中，也有著「一麾出守，惠此南方」，「深仁遺愛，實比甘棠」的頌贊之詞。

(二) 注重倫常禮儀

柳州遠在邊鄙，人民相處之間，禮儀教化，不免多所忽略，但是，自從柳宗元接任刺史以後，他力加改革，注重教化，因此，短期之內，不但使柳州百姓，生活富庶，也使得當地民衆，注重倫常，注重禮儀，韓愈在〈柳州羅池廟碑〉中所記，有「子嚴父詔，婦順夫指，嫁娶葬送，各有條法，出相弟長，入相慈孝」等語，就是敍述柳宗元在加強倫常禮儀教化方面所獲得的成果，所以，柳州的民衆，都能夠父慈子孝，兄友弟恭，夫婦相待以禮，婚喪喜慶，也都各有一定的禮節儀式，不致紊亂，從而表現出一派和睦敦厚，進退中節的風尚，這些禮儀倫常的教化，影響於柳州的民風習俗，是既深且鉅的，對於提升柳州的文化水準，也是功不可沒的。

(三) 改革鄙陋風俗

柳宗元在柳州最重要的一項「仁政」，是改革當地以子女抵押錢財的醜陋風俗，韓愈在〈柳州羅池廟碑〉中曾說：「先時民貧，以男女相質，久不得贖，盡沒爲隸，我侯之至，按國之故，以傭除本，悉奪歸之。」原來，柳州既是極爲邊遠的地區，又是極度貧窮的地方，當地民衆，往往由於生活艱難，貧困無法，以致將自己的兒女，作爲抵押，以兒女的工作勞力，向富有人家貸取錢財，等到時間長久，約期已至，仍然無法償清借貸時，作爲抵押品的兒女，便淪爲富家的奴隸，永遠不能贖回，這在柳州已經行之既久且廣，便逐漸成爲一種風俗，但是，這種離散親情、分隔父母子女天倫的風俗，却是一種多麼殘酷的陋規啊！柳宗元到達柳州，了解這種醜陋的風俗之後，立刻想出辦法，加以解決，他依據當時市面上一般的勞力價格標準，去計算作爲抵押品的兒女們長期工作應得的工資，如果所應得的工資，已經與他們父母所借貸的金錢相等，加上合理的利息之後，便可以認爲是借方的借貸，已經償還清楚，從此兩無糾葛，原來作爲抵押的兒女，也就從此獲得自由的身分，可以回家與父母團聚了，如果工資還不夠借貸錢財的價值，則子女再繼續工作，再計算工資，等到工資達到足夠的數目時，也就償債清楚，成爲自由之身。我們試想，以柳州當時的貧困，民衆生活的艱苦，抵押兒女的家庭，一定不在少數，因此，柳宗元的這一「計資償債」的辦法，不知已經使得多少破碎的家庭得以重新團聚，不知已經使得多少父母子女恢復了天倫的樂趣，對於原先貧苦借貸抵押子女的民衆而言，柳宗元的這一措施，又是多麼重大的恩德啊！韓愈在〈柳子厚墓誌銘〉中也說：

> 其俗以男女質錢，約時不贖，子本相侔，則沒為奴婢，子厚與設方計，悉令贖歸，其尤貧力不能者，令書其傭，足相當，則使歸其質，觀察使下其法於他州，比一歲，免而歸者且千人。

柳宗元所設計的那一種贖歸奴婢的措施，不但他自己施行於柳州，卓然有成，同時，由於辦法完善，用意良佳，其他州郡，也都加以仿行，甚至韓愈在袁州刺史任內，看到「袁州之俗，男女隸於人者，踰約則沒入出錢之家」，而「愈至，設法贖其所沒男女，歸其父母」❼的辦法，也是摹仿柳宗元的作法，《新舊唐書・柳宗元傳》，對於柳宗元在柳州「計資償債」的作法，也都先後加以肯定，《舊唐書》說：「柳州土俗，以男女質錢，過期則沒入錢主，宗元革其鄉法，其已沒者，仍出私錢贖之，歸其父母。」《新唐書》也說：「柳人以男女質錢，過期不贖，子本均則沒爲奴隸，宗元設方計，悉贖歸之，尤貧者令書庸，視直足相當，還其質，已沒者，出己錢助贖。」《新舊唐書》的記載，自然是根據韓愈在那兩篇文章中的敍述，而加以記錄的。總之，柳宗元在柳州的政治措施雖多，卻以這種贖歸奴隸的作法，最爲重要，也最爲柳州百姓所感戴不已，而影響於其他州郡的效果也最大。

(四) 振興教育文化

柳宗元在柳州刺史任內，不但充實經濟，富裕民生，同時，振興教育，提升柳州人民的文化水準，也是他施政的重要方針，韓愈〈柳州羅池廟碑〉說柳宗元在柳州，「大修孔子廟」，黃翰〈祭柳侯文〉也說柳宗元，「修夫子廟，次治城隍，農歌于野，士歌于庠，孝弟怡怡，弦誦洋洋」，都是敍述柳宗元在柳州振興教育的措施，柳宗元曾有〈柳州文宣王廟碑〉一文說道：

> 元和十年八月，州之廟屋壞，幾毀神位，刺史柳宗元始至，大懼不任，以墜教基，丁未，奠薦法齊時事，禮不克施，乃合初亞終獻，三官衣布，洎于嬴財，取土木金石，徵工儆功，完舊益新，十月乙丑，王宮正室成，乃安神棲，乃正法庭。❽

柳宗元於初抵柳州不久，就發現孔子廟殘破毀壞，於是鳩工興建，以作振興教育的象徵，元和十年八月動工，十月即已趕建完成，目的在使柳州百姓有所取法，使得「冠帶憲令，進用文事，學者道堯舜孔子，如取諸左右，執經書，引仁義，旋辟唯諾」❾，以達到移風易俗，教育百姓，提升文化水準的目的，柳宗元又曾有〈柳州復大雲寺記〉一文說道：

> 元和十年，刺史柳宗元始至，逐神于隱遠，而取其地，其傍有小僧舍，闢之，廣大逵，達横衢，北屬之江，告于大府，取寺之故名，作大門，以字揭之，立東西序，崇佛廟，為學者居，會其徒而委之食，使擊磬鼓鐘，以嚴其道而傳其言，而人始去鬼息殺，而務趣於仁愛[10]。

柳州大雲寺，因火焚毀，柳宗元抵達柳州後，略加整建，卻變更用途，將寺廟供作學者之居，作爲推展教育文化的場所，這也是柳宗元在柳州振興教育的措施之一，經過他不斷地努力，柳州地方的文化水準，確實已經大幅提高，也曾經出現了不少的人才，韓愈在〈柳子厚墓誌銘〉中說：

> 衡湘以南，為進士者，皆以子厚為師，其經承子厚口講指畫，為文詞者，悉有法度可觀。

《舊唐書・柳宗元傳》也說：「江嶺間爲進士者，不遠數千里，皆隨宗元師法，凡經其門，必爲名士。」《新唐書・柳宗元傳》也說：「南方爲進士者，走數千里，從宗元游，經指授者，爲文辭皆有法。」這都是柳宗元在柳州振興教育、宏揚儒學、提升邊遠地區文化水準的貢獻。

(五) 整治都邑市容

柳州地處邊鄙，都邑市容，自然破舊簡陋，不事修治，柳宗元抵達柳州之後，對於柳州市容的整飭，也曾下過不少的工夫，韓愈在〈柳州羅池廟碑〉中說到：「城郭巷道，皆治使端正，樹以名木。」便是指都市的修整而言，內城外郭，大街小巷，都儘量整建，使之四方正直，合於標準，至於「樹以名木」，則猶如今日都市中通衢大道兩旁的行道樹一樣，也是爲著美化環境，嘉蔭行人而種植的，柳宗元曾有〈種柳戲題詩〉說：「柳州柳刺史，種柳柳江邊。」又有〈種木槲花詩〉說：「祇應長作龍城守，剩種庭前木槲花。」又有〈柳州城西北隅種甘樹詩〉說：「手種黃甘二百株，春來新葉徧城隅。」⓫這些詩中所顯示的，雖然都是柳宗元自己在手種果樹，不是爲了美化都市所計劃種植的行道樹，但是，柳宗元在柳州廣爲倡導種植樹木，卻是可以想見的事實，柳宗元在所撰〈柳州復大雲寺記〉中曾說：「凡疇地，南北東西若干畝，凡樹木若干本，竹三萬竿，圃百畦。」就是一個廣種植物的例子，所以，後來黃翰在〈祭柳侯文〉中，說柳宗元在柳州，廣爲種植樹木，以致「黃柑綠柳，至今滿鄉」，則不僅是都市中行道樹的種植和美化，而且，柳州都邑內外，遍植名木菓樹，每年收成佳菓美實，更是富庶人民生活的一種有效方式了。

以上五項，根據〈柳州羅池廟碑〉中所敍述的先後，依次分析，以見柳宗元在柳州四年的刺史任內，確實是政績優良，嘉惠百姓，所以，當柳宗元去世之後，人民才那樣地哀傷愈恆，爲廟祭祀，以致雖歷千祀，仍然是懷恩不忘哩！

四、記述異聞

韓愈在〈柳州羅池廟碑〉之中，曾經敘述柳宗元生前死後的種種事蹟，其中最奇特，也是最易爲人所詬病的一點，是敘述柳宗元能預卜自己的死期，以及死後爲神的怪異情形，〈柳州羅池廟碑〉說：

> （宗元）嘗與其部將魏忠、謝寧、歐陽翼飲酒驛亭，謂曰：「吾棄於時，而寄於此，與若等好也，明年，吾將死，死而為神，後三年，為廟祀我。」及期而死，三年孟秋辛卯，侯降于州之後堂，歐陽翼等見而拜之，其夕，夢翼而告曰：「館我於羅池。」其月景辰，廟成，大祭，過客李儀醉酒，慢侮堂上，得疾，扶出廟門，即死，明年春，魏忠、歐陽翼使謝寧來京師，請書其事于石，余謂柳侯生能澤其民，死能驚動禍福之，以食其土，可謂靈也已。

這一段神異靈怪的文字敘述，容易遭人詬病，一方面，是敘述怪異果報的事情大違常情，另一方面，也是由於這篇文章出於韓愈之手，而韓愈卻是排斥佛老最力的健將，所以，茅坤批評此文說：「予覽昌黎碑柳州，不書柳州德政之可載，載其死而爲神一節，似狎而少莊。」[12]全祖望也批評此文說：「柳州之有惠政於柳，其遺愛之情惓於民，而廟祀之，宜也，必以禍福驚動之，以示其奇，則反淺矣。」[13]沈德潛也批評此文說：「吾將死，死而爲神三段，似非儒者之言。」[14]林紓也批評此文說：「〈羅池廟碑〉，頗爲有識者詬病，然《新史》但書其事於〈子厚傳〉，一無褒貶之詞，鄙見盲左屢言神怪，不爲世尤者，左氏未嘗以道統自居，昌黎平日深貶佛老之事，而此碑忽言幽冥靈迹，不能不棘時眼。」[15]他們的評論，或以爲不夠莊重，或以爲過於好奇，或以爲非儒者之言，總之，都不認爲碑文中那一段神異靈驗的記述，是必要的。其實，韓愈在〈柳州羅池廟碑〉中所記敍的神異靈怪之事，雖然是間接得之於謝寧等人的轉述，但是，也必然是另有寄寓之意，否則，即使獲得謝寧等人的轉述，也絕不會不加懷疑，而一成不變，據述轉錄的，我們可以推測，以韓愈他那粹然儒者、排斥佛老、不信鬼神、不信果報的性格，卻寫出那種神異靈怪的事情，應該是別有用心的。

柳宗元是一位有才華有抱負的政治家，他參加了王叔文韋執誼的政治改革，也是想要藉此能夠實行自己的政治理想，並不是爲了一己的富貴利祿而設想，他在〈寄許京兆孟容書〉中說：「蚤歲與負罪者親善，始奇其能，謂可以共立仁義，裨教化。」⑯便是一個很好的證明，但是，自從參加了王韋的政治集團，改革政治失敗之後，卻一直貶斥在荒遠的地方，以至終於客死在柳州，而未能返回家園，對於柳宗元的這種不幸的遭遇，韓愈不但是十分同情，而且是心有不平，近於憤怒，雖然，在奉旨撰修《順宗實錄》時，他不得不秉筆直書：「叔文密結當時名欲僥倖而速進者劉禹錫、柳宗元等十數人，定爲死交，蹤跡詭秘，既得志，劉柳主謀議唱和，悉聽外事，及敗，其黨皆斥逐。」⑰但是，在內心中，不平與憤怒之情，卻是不曾止息的，因此，當他撰寫〈柳州羅池廟碑〉時，很自然地，就將自己的同情與不平，附帶地書寫到文章中去，在〈柳州羅池廟碑〉的那一段文字中，首先，他寫出柳宗元與魏忠、歐陽翼、謝寧等在驛亭飲酒，而由柳宗元自己口中說出「明年，吾將死」的話，接著又寫出「及期而死」，以張大柳宗元能預卜自己死期的神奇。其次，再寫出「侯降于州之後堂，歐陽翼等見而拜之」，「其夕，夢翼而告曰，館我於羅池」的怪異。再次，更寫出廟成大祭之日，過客李儀醉酒，慢侮堂上，得疾，扶出廟門即死的靈驗事跡。

韓愈所以寫出上述一段記敍怪異神奇靈驗之事的文字，主要是想藉由這些怪異靈驗近乎反常之事的記述，一方面，去顯露出柳宗元「生能澤其民，死能驚動福禍之」，能夠深獲百姓的崇敬與欽仰，另一方面，是藉著百姓的感恩戴德，反襯出柳宗元的才華卓著，在民衆心中，是眞正能夠造福百姓的人，卻不幸爲人構陷、貶在遠方、終老不復的不平之意，就像後段歌辭中所唱出的，「北方之人兮爲侯是非，千秋萬歲兮侯無我違」，更是由百姓口中反映出了這種不平之意與慰藉之想。

儲欣在評論〈柳州羅池廟碑〉時曾說：「生爲哲，沒爲神，固有是理，而公益以柳州之一斥不復，故文與詩，俱慘愴傷懷之音。」[18]吳汝綸也批評此文說：「此因柳人神之，遂著其死後精魄凜凜，以見生時之屈抑，所謂深痛惜之，意恉最爲沉鬱。」[19]吳闓生也批評說：「此文哀子厚之窮死，因柳人之尊祀，而藉以發其不平，意旨具在言外。」[20]都是極爲中肯的評論意見，總之，韓愈在此文中，所記述的怪異神奇靈驗之事，不僅爲柳宗元的貶謫遭遇，表示了不平的心意，而且，由記述中，人們也可以體悟到韓柳二人之間交誼的深厚。因此，在碑文裡那一段神異事跡的描述中，如果說，只是韓愈據旁人的敍趨而轉錄，別無任何寄寓之意，恐怕是難以令人採信的。

五、賦體歌辭

(一) 摹仿屈賦作品

在〈柳州羅池廟碑〉之末，韓愈撰寫了一段歌辭，他稱之爲〈迎享送神詩〉，其用處，是讓柳州民衆，在祭祀柳宗元時，加以歌唱祈禱的，這是一則非常出色的詩歌：

荔子丹兮蕉黃，雜肴蔬兮進侯堂，侯之船兮兩旗，渡中流兮風泊之，待侯不來兮不知我悲，侯乘駒兮入廟，慰我民兮不嚬以笑，鵝之山兮柳之水，桂樹團團兮白石齒齒，侯朝出遊兮暮來歸，春與猿吟兮秋鶴與飛，北方之人兮爲侯是非，千秋萬歲兮侯無我違，福我兮壽我，驅厲鬼兮山之左，下無苦濕兮高無乾，秔稌充羨兮蛇蛟結蟠，我民報事兮無怠其始，自今兮欽于世世。

這段歌辭，在意境上、修詞上、音韻節奏上，與韓愈在〈送李愿歸盤谷序〉末段所寫的歌辭，都是屬於他同類作品中最優秀的代表，而在體裁上，卻是摹仿屈賦的形式，因此，張表臣說：「韓退之作〈羅池廟碑〉迎享送神詩，蓋出于〈離騷〉。」[21]祝堯也說：「柳子厚守柳州而死，柳民廟之於羅池，退之作迎享送神詩，晦翁名之曰〈享羅池〉，愚謂此篇，賦也，其體自〈九歌〉中來，亦幾逼眞矣。」[22]林雲銘也說：「迎享送神之詞，逼眞三閭手筆，人只知起語數句，上追〈九歌〉，而不知北方之人兮爲侯是非句，乃用〈招魂〉之意脫化而出，朱晦翁採入〈楚辭後語〉，皆以此也。」[23]

上述〈柳州羅池廟碑〉中的那一段歌辭，如果我們比較一下《楚辭》中的詞句，像「朝飲木蘭之墜露兮，夕餐秋菊之落英」（〈離騷〉）、「麾蛟龍使津梁兮，詔西皇使涉予」（〈離騷〉）、「浴蘭湯兮沐芳，華采衣兮若英」（〈九歌‧雲中君〉）、「嫋嫋兮秋風，洞庭波兮木葉下」(〈九歌・湘夫人〉)、「高飛兮安翔，乘清氣兮御陰陽」(〈九歌・大司命〉)、「既含睇兮又宜笑，子慕予兮善窈窕」(〈九歌・山鬼〉)等等，就會發現，在形式上、韻味上，兩者是十分相似的，只是韓愈的歌辭中，多用白描直敍的手法，而屈賦中多用比興的方式，在表達時，略有差異而已，難怪朱子撰《楚辭集注》，也將韓愈這段歌辭，採入〈楚辭後語〉之中，而稱之爲〈享羅池〉了。沈作喆曾說：

> 柳子厚作楚辭，卓詭譎怪，韓退之不能及。㉔

但是，林紓在評論韓愈這首〈迎享送神詩〉時卻說：

> 子厚集中騷體，直追宋玉，昌黎此辭，似亦不弱。㉕

韓柳二人都是古文的大家，但是，在屈賦體裁的作品中，二人也時有佳構，藝術成就，也都各有千秋，朱子在所輯錄的〈楚辭後語〉之中，收錄了韓愈的〈復志賦〉、〈閔己賦〉、〈別知賦〉、〈訟風伯〉、〈弔田橫〉、〈享羅池〉、〈琴操〉等七篇賦體作品，也收錄了柳宗元的〈招海賈〉、〈懲咎賦〉、〈閔生賦〉、〈夢歸賦〉、〈弔屈原〉、〈弔萇弘〉、〈弔樂毅〉、〈乞巧文〉、〈憎王孫〉等九篇賦體作品，也許，在《楚辭集注》的作者朱子眼中，韓柳二人的賦體作品，其成就也是不相上下的吧！

㈡ 歌辭文字差異

〈柳州羅池廟碑〉末段的〈迎享送神詩〉，在各種版本的記錄上，文字偶然也有一些差異的現象，例如「荔子丹兮蕉黃」，蕉下或有「葉」字，或有「子」字，「北方之人兮爲侯是非」，爲字或作「謂」字，但是，這些異文都不曾特別引起人們的注意，只有「春與猿吟兮秋鶴與飛」，秋鶴與飛，或作「秋與鶴飛」，才是歷代以來，人們討論不決的問題，歐陽修在《集古錄跋尾》卷八〈跋唐韓愈羅池廟碑〉中說：

> 今世傳《昌黎先生集》載此碑，文多同，唯集本以「步有新船」為「涉」，「荔子丹兮蕉黃」，蕉下加「子」，當以碑為是，而碑云「春與猿吟而（集作兮）秋鶴與飛」，則疑碑之誤也。㉖

歐陽修對於古碑文字「步有新船」、「荔子丹兮蕉黃」，都認爲無誤，但是，對於「秋鶴與飛」，他卻不根據古碑文字，反而懷疑古碑爲誤，照他的意思，正確的文字應該是「春與猿吟兮秋與鶴飛」，從正常的情形來看，春與秋、猿與鶴、吟與飛，正相對襯，但是，歐陽修的意見，也有人不以爲然，沈括《夢溪筆談》卷十四說：

> 韓退之集中〈羅池廟碑〉有「春與猿吟兮秋與鶴飛」，今驗石刻，乃「春與猿吟而秋鶴與飛」，古人多用此格，如楚辭「吉日兮辰良」，又「蕙肴蒸兮蘭藉，奠桂酒兮椒漿」，蓋欲相錯成文，則語勢矯健耳。㉗

沈括以爲古碑作「秋鶴與飛」，是古人「相錯成文」之例，這種修辭方式，他以爲是出自

《楚辭》，陳善《捫虱新語》卷二說：

> 韓退之作〈羅池碑〉云：「春與猿吟兮秋鶴與飛」，以「與」字上下言之，蓋亦欲語反而辭從耳，今〈羅池碑〉石刻古本如此，而歐陽公以所得李生《昌黎集》較之，只作「秋與鶴飛」，遂疑古本為誤，唯沈存中為始得古文意，然不知其法自《春秋》出。

陳善以爲「春與猿吟兮秋鶴與飛」爲「語反而辭從」之例，並以爲這種修辭方式，是出於《春秋》「隕石於宋五，是日六鷁退飛過宋都」的影響，另外，像吳曾在《能改齋漫錄》卷三、陳造在《江湖長翁文集》卷二十九，也都認爲歐陽修的看法是錯誤的。

在上述兩種不同的意見中，筆者倒是比較贊同歐陽修的推測，因爲，韓愈雖然主張揚棄駢偶，但是，在他所撰寫的「古文」中，卻並不能完全排除駢偶，像下面就是一些明顯的例子：

> 仁與義為定名，道與德為虛位。（〈原道〉）
>
> 其責己也重以周，其待人也輕以約。（〈原毀〉）
>
> 位卑則足羞，官盛則近諛。（〈師說〉）
>
> 業精于勤荒于嬉，行成于思毀于隨。（〈進學解〉）
>
> 宅於山者，知猛獸之為害，則必高其柴樓而外施窗穽以待之；宅於都者，知穿窬之為盜，則必峻其垣牆而內固扃鐍以防之。（〈守戒〉）

山升雲兮澤上氣，雷鞭車兮電摇幟。（〈訟風伯〉）

有所不知，知之未嘗不為之思；有所不疑，疑之未嘗不為之言。（〈愛直贈李君房別〉）

殊本連理之柯，同榮異壟之禾。（〈河中府連理木頌〉）

斬茅而嘉樹列，發石而清泉激。（〈燕喜亭記〉）

流有跳魚，岸有集鳥。（〈鄆州谿堂詩〉）

知高堅之可尚，忘鑽仰之為勞。（〈省試顏子不二過論〉）

錢財不足以賙左右之匱急，文章不足以發足下之事業。（〈答竇秀才書〉）

明之為日月，幽之為鬼神。纖之為珠璣華實，變之為雷霆風雨。（〈上兵部李侍郎書〉）

夫澗谷之水，深不過咫尺；丘垤之山，高不踰尋丈。（〈上襄陽于相公書〉）

根之茂者其實遂，膏之沃者其光曄。（〈答李翊書〉）

莫為之前，雖美而不彰；莫為之後，雖盛而不傳。（〈與于襄陽書〉）

鳳凰芝草，賢愚皆以為美瑞；青天白日，奴隸亦知其清明。（〈與崔羣書〉）

謹呼海隅高談之士，奔走天下慕義之人。（〈與鳳翔邢尚書書〉）

孟子不能救之於未亡之前，而韓愈乃欲全之於已壞之後。（〈與孟尚書書〉）

坐茂樹以終日，濯清泉以自潔。（〈送李愿歸盤谷序〉）

讙愉之辭難工，而窮苦之言易好。（〈荊潭唱和詩序〉）

以上舉出一些例子，以見韓愈古文之中，確也不時參有駢偶的文句，其實，文章之道，也如同人的耳目鼻口一般，單複相配，各適其用，古文之中，如要完全禁絕駢偶文句，也是很難做到的事情。而且，即使是在〈柳州羅池廟碑〉之中，也就有著駢偶文句的存在，例如在碑文中，有：

> 宅有新屋，步有新船。
> 子嚴父詔，婦順夫指。
> 出相弟長，入相慈孝。

在〈迎享送神詩〉中，有：

> 鵝之山兮柳之水。
> 桂樹團團兮白石齒齒。
> 侯朝出游兮暮來歸。

這些，都是〈柳州羅池廟碑〉中出現的駢偶文句，從而也可知道，韓愈在此文之中，並沒有完全排斥駢偶句式，那麼，即使〈迎享送神詩〉的歌辭之中，那一句作「春與猿吟兮秋與鶴飛」，也是很自然的現象，而且，也並不影響歌辭的優美可誦，也並不一定必須利用「相錯成文」的修飾，才能去取得「語勢矯健」的結果。而且，那種「相錯成文」的修辭形式，在韓愈的其他文章中，似乎也不易找到類似的例子。

另外，羅池廟建成之後，韓愈既爲之撰成碑文，中書舍人史館修撰沈傳師也爲之書碑，後來沈碑佚失，歐陽修見到的古碑，已是「後人傳模者」㉙，已非沈氏所書古碑之舊，不盡可信，後來，蘇軾乃爲之重書上碑，東坡所書碑文，刻於廣西馬平縣羅池廟中，原石高九尺三寸，寬五尺五寸，凡十行，每行十六字，王世貞曾經稱讚此碑，遒勁古雅，爲蘇氏書法中的第一佳品，清代楊守敬，爲著名書家，晚年歸隱黃州，築室鄰近東坡古宅，自名爲「鄰蘇園」，又集東坡書法，爲〈景蘇園帖〉，民國七十一年八月，書藝出版社影印鍾克豪氏所藏的東坡此帖，其歌辭與《昌黎先生集》中此文，文字略有不同，而最關緊要的，是東坡此碑正作「春與猿吟兮秋與鶴飛」（見附圖），與歐陽修所推斷的意見正好相同，而不作「秋鶴與飛」，對於判斷歌辭中那一句文字差異的孰非孰是，蘇碑也提供了一個很好的證據。

六、結　語

韓愈的〈柳州羅池廟碑〉，在幾百字的篇幅中，他不但敍述了柳宗元在柳州的政績，對柳州的貢獻，也記述了柳州民衆對於柳宗元發自內心的欽仰與崇敬，同時，在寫作技巧方面，也顯現了韓愈謀篇布局的高明手法，在內容方面，更流露了韓愈對於朋友情誼的珍視，爲朋友不幸境遇所產生的不平，要之，〈柳州羅池廟碑〉，在《昌黎先生集》中，確是一篇情文並茂的優秀作品，曾國藩批評此文說：「此文情韻不匱，聲調鏗鏘，乃文章第一妙境。」㉝這種批評，應該是相當公允的看法。

附注

❶ 見《韓昌黎文集校注》卷五，此據民國五十六年世界書局出版馬其昶校注本，下引並同。

❷ 見《韓昌黎文集校注》卷七。

❸ 同注❷。

❹ 此據民國六十四年河洛出版社影印本。

❺ 此據民國五十九年台灣中華書局影印本。

❻ 此據民國六十三年河洛出版社影印《柳河東全集》本，下引並同。

❼ 見《舊唐書・韓愈傳》。

❽ 見《柳河東全集》卷五。

❾ 見〈柳州文宣王廟碑〉。

❿ 見《柳河東全集》卷二十八。

⓫ 三詩並見《柳河東全集》卷四十二。

⓬ 見茅氏所輯《唐宋八大家文鈔・韓文評語》卷十一，引見學海書局所印《韓愈資料彙編》。

⓭ 見《鮚埼亭集・外編》卷三十五〈跋柳州羅池廟碑〉，此據華世出版社影印本。

⓮ 引見黃華表《韓文導讀》甲集，此據民國五十三年香港大道書局初版本。

⓯ 見《韓柳文研究法》，此據民國五十三年廣文書局出版本。

⓰ 見《柳河東全集》卷三十。

⓱ 見《韓昌黎文集校注・文外集》下卷。

⓲ 見《昌黎先生全集錄》，引見學海書局所印《韓愈資料彙編》。

⓳ 引見吳闓生《古文範》。

⑳ 見《古文範》。

㉑ 見張氏《珊瑚鉤詩話》卷一，引見學海書局所印《韓愈資料彙編》。

㉒ 見祝氏《古賦辨體》卷七，引見學海書局所印《韓愈資料彙編》。

㉓ 見林氏所輯《韓文起》卷十，引見學海書局所印《韓愈資料彙編》。

㉔ 見沈氏《寓簡》卷四，引見學海書局所印《韓愈資料彙編》。

㉕ 見《韓柳文研究法》。

㉖ 此據民國六十四年華正書局所印《歐陽修全集》本。

㉗ 引見學海書局所印《韓愈資料彙編》。

㉘ 引見學海書局所印《韓愈資料彙編》。

㉙ 見歐陽修《集古錄跋尾》卷二〈跋唐韓愈羅池廟碑〉。

㉚ 見曾氏《求闕齋讀書錄》，此據民國五十八年廣文書局影印本。

（節自蘇東坡手書〈柳州羅池廟碑帖〉）

（此文曾刊載於國立中興大學《中文學報》第一期，民國七十七年五月出版）

比較韓愈與王船山對於張巡許遠的批評

唐玄宗天寶十四年，安祿山稱兵叛亂，爲禍極巨，朝野震動，張巡許遠固守睢陽，率數千罷羸之卒，抗賊將百萬之師，傷病累累，堅持達十月之久，糧食匱乏，羅掘殆盡，甚至撲殺愛妾家奴，以饗士卒，城破之日，皆就義而死，後世睢陽民衆，感念其德，立「雙廟」以爲奉祀，韓愈在〈張中丞傳後敍〉一文中，曾經說道：

> 守一城，捍天下，以千百就盡之卒，戰百萬日滋之師，蔽遮江淮，沮遏其勢，天下之不亡，其誰之功也。

韓愈在此文中，推崇張許二人捍衞國家安全的功績，他的評論，久已爲世人所熟知，也幾乎成爲批評張巡許遠二人的定論，但是，王船山對於張巡許遠二人的行徑，却有著與韓愈非常不同的批評意見，船山《讀通鑑論》卷二十三曾說：

> 張巡捐生殉國，血戰以保障江淮，其忠烈功績，固出顏杲卿、李澄之上，尤非張介然之流所可企望，賊平，廷議以食人而欲詘之，國家崇德報功，自有恒典，詘之者非也，議者爲已苛矣，雖然，其食人也，不謂之不仁也不可。

船山雖然肯定了張巡（包括許遠，下同）固守睢陽的貢獻，但是，對於張巡在圍城之中，糧秣殆盡，而殺人以食士卒的行爲，却加以嚴格地批評，認爲是不仁之至的舉措，《讀通鑑論》卷二十三又說：

> 李翰為之辯曰：「損數百人以全天下。」損者，不恤其死則可矣，使之致死則可矣，殺之臠之，齕而吞之，豈損之謂乎？夫人之不忍食人也，不待求之理而始知其不可也，固聞言而心悸，遙想而神驚矣，於此而忍焉，則必非人而後可。

張巡守睢陽，犧牲了數百人的生命，卻保全了半壁的江山，這種功績，船山絕對是給予肯定的，但是，犧牲人命的方式，卻大有商榷的餘地，船山以爲，在國家危險的關頭，犧牲士兵們的生命，是不能避免的事實，但是，寧可使戰士們戰死在沙場之上，犧牲生命，爲國捐軀，爲大將的，卻無權以自己的意志，作爲主張，去撲殺任何人的生命，以之充作他人的食糧，以維持別人的生命，因爲，以人爲食，那是絕對殘忍不仁的非人行爲，聞之已經不忍卒聽，念之已經心驚不已，何況還要去親身下嚥呢！《讀通鑑論》卷二十三又說：

> 巡抑幸而城陷身死，與所食者而俱亡耳，如使食人之後，救且至，城且全，論功行賞，尊位重祿，不得而辭，紫衣金佩，赫奕顯榮，於斯時也，念齧筋噬骨之慘，又將何地以自容哉？

船山以爲，所幸睢陽城破，張巡殉國而死，假設城池完固，救援大至，朝廷論功行賞，張巡得以賜大爵，居高位，享富貴，負盛譽，則私心竊思昔日嘗食人之肉，齧所親愛者的筋骨，那麼，一念反省，又怎能心安理得，又怎能面對滿朝文武人民百姓而無所愧疚於心呢！《讀通鑑論》卷二十三又說：

守孤城，絕外救，糧盡而餒，君子於此，唯一死而志事畢矣，臣之於君，子之於父，所自致者，至於死而蔑以加矣，過此者，則愆尤之府矣，適以賊仁義而已矣，無論城之存亡也，無論身之生死也，所必不可者，人相食也。

船山以爲，大將居外，據守孤城，糧盡援絕，忠臣義士，在這種情形下，也唯有一死而已，犧牲生命，即可以無愧於國家君上，如果堅持據守孤城，以致連累士卒軍民，一併而慘烈犧牲，已經是極不適當的行徑了，若至於以人相食，那就更是戕賊仁義的殘酷行爲了，無論是任何理由，，只要是稍有仁心的人，是絕對不忍心作出這種有傷天心的行爲來的，《讀通鑑論》卷二十三又說：

漢末餓賊起而禍始萌，隋末朱粲起而禍乃烈，然事出盜賊，有人心者皆惡之而不忍效，忠臣烈士亦馴以為故常，則後世之貪功幸賞者，且以為師，而流惡萬世，哀哉！若張巡者，唐室之所可褒，而君子之所不忍言也。李翰逞遊辭以導狂瀾，吾滋懼矣。

船山以爲，亂世饑饉不堪，人且相食之事，始於漢代末葉，而至隋末流寇四起，其禍方更熾烈，但是，那些都只是盜賊之徒，在肆無忌憚之下的行爲，若至於忠臣烈士，也起而效尤，且不論其動機如何，此事帶給人們的，卻是極端惡劣的影響，此例一開，一些貪瀆倖進的小人，也將假借忠烈的名義，實行殘酷的手段，以冀望去求得不當的虛名，則此事流毒於後世的惡果，必然不易扼挽，因此，對於張巡固守睢陽，殺人以食的事實，船山給他的批評，只是「唐室之所可褒，而君子之所不忍言」，認爲只是有功於鞏固唐室的天下，卻大大地傷害了仁人君子的良心哪！

船山生當亂世，清軍入關之後，屠戮之慘，目擊耳聞，誠有不忍存於心而言於口者，因此，對於民衆社會，船山內心，委實抱有極爲強烈的「人道精神」，因此，對於任何荼毒民衆士卒的行徑，船山都已經深惡痛絕於心，又何忍心見到歷史上有人類相食的事實呢！因此，對於張巡，他的意見是，「張巡守睢陽，食盡而食人，爲天子守以抗逆賊，卒全江淮千里之命，君子猶或非之」，「若巡者，知不可守，自刎以徇城可也」（《讀通鑑論》卷九），以一個「人道主義」者的立場而言，船山對於張巡（包括許遠）的批評，雖然與韓愈所代表的傳統意見，並不相同，卻仍然是値得人們去參考省思的哩！

王船山論韓愈上〈佛骨表〉

唐憲宗元和十四年（西元八一九年），韓愈年五十二歲，時任刑部侍郎，以天子崇信佛法，遣使自鳳翔府法門寺護國眞身塔內，迎釋迦指骨一節，舁入大內，留於禁中三日，王公士庶，紛紛奔走捨施，百姓民衆，甚至有燒頂灼臂，以求供養的情形，韓愈於是上諫佛骨一表，大意以爲，「佛不足信」，「佛本夷狄之人」，「事佛求福，乃更得禍」，此表既上之後，憲宗大爲震怒，將處以極刑，由於大臣諫勸，才得貶爲潮州刺史，韓愈勇於執言，又心繫國事，因此而遭受遠謫，後世評論，多持同情的態度，但是，王船山在《讀通鑑論》中，卻有著非常不同的看法，《讀通鑑論》卷二十五說：

> 韓愈之諫佛骨，古今以為闢異端之昌言，豈其然哉？❶

韓愈上表諫迎佛骨，古今的評論，也多以爲是他闢斥佛教的正論，較之孟子的拒斥楊墨，對於社會的貢獻，更要巨大，而船山卻首先否認了這一事實，他的理由，分析起來，約有四點：

(一) 目標不夠正大

船山在《讀通鑑論》卷二十五中說：

衛道者，衛道而止，衛道而止者，道之所在，言之所及，道之所否，言之所慎也。道之所在，義而已矣，道之所否，利而已矣。是非者，義之衡也；禍福者，利之歸也。君子之衛道，莫大乎衛其不謀禍福以明義之貞也。

船山以爲，韓愈既然是打著「衞道」的旗幟，以攘斥佛老爲號召，那麼，目標就應該訂定在「護衞正道」上面，緊扣「正道」所在，加以護衞，而不必將重心牽涉到其他的目標上去，因此，所謂的「正道」，也只是一個「義」字而已，所謂的「衞道」，也只是爭一個「是非」而已，卻不必將禍福利害等因素，參雜到「衞道」的方法中去，以至於反而使人們混淆了「正道」的目標，因此，他以爲，君子衞道的方式，最重要的，是不以禍福利害的計較，去影響彰明正道的行動，《讀通鑑論》卷二十五又說：

今夫佛氏之說，浩漫無涯，纖微曲盡，而惑焉者非能盡其說也，精於其說者，歸於適意自逸，所謂「大自在」者是也，則固偷窳而樂放其心者之自以為福者也。其愚者，或徼壽祿子孫於弋獲，或覬富貴利樂於他生，唯挾貪求幸免之心，淫泆坌起以望不然之得，夫若是者，豈可復以禍福之說與之爭衡，而思以易天下哉？

船山以爲，佛家的教理，浩瀚無涯，曲盡精微，並不是一般淺見迷信之人，所能眞正了解其深義的，而眞能了解佛家教理的人，所注重的，也並不是一些外在敬仰信奉的形式，而是在內心之中，能夠獲致寧靜自適的境界，但是，一般愚夫愚婦，卻以爲信佛的目的，只在於希求福祿，蕃衍子孫，或者是貪圖徼倖，寄望來生，實在都是一些空泛不切實際、淫佚不走正軌的小人行徑，而韓愈雖以「闢異端」、「衞正道」相號召，卻不能導民衆於正途，反而以得禍得福、獲利獲害之多寡，爲倡導求勝的手段，爲攘斥佛教的目標，豈不是雪上加霜、抱薪救火的行爲？又怎能達到移風易俗的目的呢！因此，說之以利，而不說之以義，目標便不夠正大，這是船山批評韓愈諫迎佛骨時的第一個缺點。

(二) 理由不足服人

船山《讀通鑑論》卷二十五曾說：

> 愈之言曰：「漢明以後，亂亡相繼，運祚不長，梁武捨身，逼賊餓死。」若以推究人心貞邪之致，世教隆替之源，固未嘗非無父無君之教，流禍所及。然前有暴秦之速滅，哀、平之早折，則盡舉而歸罪於浮屠，又何以服嘵嘵之口哉？愚者方沉酣於禍福，而又以禍福之說鼓動以啓爭，一彼一此，莫非貪生畏死、違害就利之情，競相求勝，是惡人之焚林而使之縱火於室也，適以自焚而已矣。

韓愈在〈論佛骨表〉中，曾經歷舉了佛法流入中國以前，帝王多享高年，如黃帝、少昊、顓頊、帝嚳、堯、舜、禹、湯等，皆年逾百歲之事，而自漢明帝以後，佛法傳入中國以來，帝王信佛教者，多運祚不長，事佛愈謹，年代尤促，至於梁武帝捨身事佛，而竟然爲侯景所逼，餓死臺城，因此，他斷定「由此觀之，佛不足事，亦可知矣」，但是，船山以爲，以這種

「事佛求福，乃更得禍」的希利遠害之說，去諫勸帝王，在理由的申述上，也並不充分，因爲，像暴秦的乍興乍滅，漢代哀帝平帝的短命夭折，都不是由於崇信佛法的緣故，也都是強而有力的反證，而韓愈乃以帝王的享年不永，一切都歸罪於深信佛法，是無法去杜塞世人悠悠之口的，何況，想去說服的對象，又是高下隨心、是非在己的君主呢！因此，理由不夠充分而難於使人信服，是船山批評韓愈諫迎佛骨時的第二個缺點。

(三) 態度不夠從容

船山《讀通鑑論》卷二十五曾說：

> 夫君子之道，所以合天德、順人心，而非異端之所可與者，森森鼎鼎，卓立於禍福之外，比干之死，不信文王之壽考，陳蔡之厄，不慕甥館之牛羊，故曰「無求生以害仁」，於是帝王奉之以敷教於天下，合智愚賢不肖，納之於軌物，唯曰義所當然，不得不然也，飢寒可矣，勞役可矣，褫放可矣，囚繫可矣，刀鋸可矣。

船山以爲，士人君子的立身行事，最可貴的，應該是處處符合天德，事事順乎人心，秉持道義，堅守理想，卓然自立於禍福之外，不受利害的影響，才是與異端以趨利避害爲號召的行徑，最大的不同，因此，只要是義所當爲，便應當不避危難，勇往直前，更不能夠爲了一己之私，而作出有害仁義的行爲來，即使是有飢寒、勞役、褫放、囚繫、刀鋸之患，士人君子，也不應該因此而輕易地改變自己的節操，船山《讀通鑑論》卷二十五又說：

而食仁義之澤，以奠國裕民於樂利者，一俟其自然而無所期必，若愚者之不悟，亦君子之無可如何，而道立於己，感通自神，俟之從容，不憂暗主庸臣、曲士罷民之不消其妄，愈奚足以知此哉！

船山以爲，士人君子，以道德立身，以仁義存心，以富裕國計民生爲致力的目標，苟能如此，則可以俯仰無愧，至於福國利民之效，則當俟其逐日見功，自然有成，而不必尅期求效，一蹴而幾，至於愚夫愚婦，不能覺悟於此，則士人君子之行事，也但求盡人事而聽天命可也，要之，士人君子所當行者，是先能求之於己，道行義立，然後逐漸擴大其感染的力量，從容致力，即使是庸暗的君主，頑劣的大臣，也都可能有潛移默化的一天，而不必求效心切，以致暴虎憑河，鋌而走險，君臣決裂，終於僨事，因此，態度不夠從容，行動過於急躁，是船山批評韓愈諫迎佛骨時的第三個缺點。

(四) 文辭不夠深切

船山《讀通鑑論》卷二十五曾說：

所奉者義也，所志者利也，所言者不出其貪生求福之心量，口辯筆鋒，順此以牽流，使琅琅足動庸人之欣賞，愈之技止此耳，惡足以衛道哉？若曰深言之而憲宗不察，且姑以此怖之，是譎也、欺也，謂吾君之不能也，為賊而已矣。

船山以爲，韓愈最爲失策的地方，是表面上以「義」字作標榜，在暗地裏，卻是以「利」字作引誘，因此，在〈論佛骨表〉中，所見到的，多是以貪生求福的言詞，去蠱惑君主的心思，加上韓愈那銳利的筆鋒，充沛的氣勢，形成了一篇音韻琅琅、足以聳動庸人的優美文字，可是，韓愈這種作法，訴諸於激動的感情，激烈的言詞，而不是訴諸於沉穩的態度，深切的理由，又怎能負擔起「衞道」的重責大任呢？因此，韓愈在〈論佛骨表〉中所顯露的，不免是想要使得人君震怖的心思，想要欺罔誑騙人君的手段，同時，也不免低估了人君的智能與才識，因此，文辭不夠深切，言論流於浮面，是船山批評韓愈諫迎佛骨的第四個缺點。

要之，船山批評韓愈〈論佛骨表〉一文的內容，批評韓愈上表諫迎佛骨一事的心情，主要是不能堅守住一個「義」字，卻反而處處以「利」字爲吸引人們的誘因，不能堅持「衞道」的堂堂之陣，整整之旗，卻反而時時隨順世俗貪生祈福的心理，因而不免自失立場，多所牽就，也從而自行貶低了諫迎佛骨、攘斥佛法一事的價值，這是極爲可惜的事情。

平心而論，在某些方面，船山對於韓愈的批評，不免也有過苛之嫌，像批評韓愈「所奉者義」、「所志者利」，實則，那也是韓愈在不得已的情形下，爲了達到攘斥佛法的目的，而勉強去適應世俗的作法而已，至於說韓愈不能「俟之從容」，以俟君主民衆能自行潛移默化，以致有譎之欺之賊之的嫌疑，則是由於韓愈深知「暗主、庸臣、曲士、罷民」，早已舉城若狂，是以不得不說以利害，動以禍福，而急切地求效了，這些方面，似乎都是不能深責於韓愈的。

總之，對於韓愈上表諫迎佛骨一事，在古今都盛爲讚譽的情形下，船山卻能夠獨持異議，抒發己見，一士諤諤，眞不啻是暮鼓晨鐘，他的評論，確實是值得人們去深加思考的。

柳宗元〈論語辯〉疏義

——試析柳宗元心目中孔子的新形象

一、引言

〈論語辯〉載於《柳河東集》卷四❶，共有上下兩篇，上篇考證《論語》的編輯，以爲《論語》一書，「孔子弟子嘗雜記其言，然而卒成其書者，曾氏之徒也」，因此，上篇所辯，僅只在《論語》一書的傳述考證上，可以供作參考，並沒有特殊的價值。至於下篇，則辯析孔子的政治理想及其生平抱負，對於評論孔子在歷史上的地位而言，意義卻極其重要，本文所疏釋討論的，則僅限於下篇。〈論語辯〉下篇首先說：

> 堯曰：「咨爾舜，天之曆數在爾躬，四海困窮，天祿永終。」舜亦以命禹曰：「余小子履，敢用玄牡，敢昭告於皇天后土，有罪不敢赦，萬方有罪，罪在朕躬，朕躬有罪，無以爾萬方。」

這一段對話，見於《論語・堯曰篇》第二十的首章，而文字記載，略有不同❷，但大義卻無甚差異，這一段對話，記堯舜禹湯古聖先王，以天命之意相告，而以愛民教民之道，昭示後王，頗有「以心傳心」的意味，接著，柳宗元在〈論語辯〉下篇中設問說道：

> 或問之曰：「《論語》書，記問對之辭爾，今卒篇之首章，然有是，何也？」

《論語》記孔子與弟子等問答之辭，從卷首到〈微子篇〉第十八，已經大致完結，接下來的〈子張篇〉第十九，已經只是記錄孔門弟子子張、子夏、子游、曾子、子貢等人的言論，已不記錄孔子的言論，但是，在〈堯曰〉末篇的首章，卻又記錄了一些與孔子似乎無關的對話，不免就顯得十分突兀，所以，柳宗元才先設疑問，然後再自行解答，〈論語辯〉下篇又說：

> 柳先生曰：「《論語》之大，莫大乎是也，是乃孔子常常諷道之辭云爾，彼孔子者，覆生人之器也，上之堯舜之不遭，而禪不及己，下之無湯之勢，而己不得為天吏，生人無以澤其德，日視聞其勞死怨呼，而己之德，涸然無所依而施，故於常常諷道云爾而止也。此聖人之大志也，無容問對於其間，弟子或知之，或疑之，不能明，相與傳之，故於其為書也，卒篇之首，嚴而立之。」

柳宗元以爲，〈堯曰篇〉首章的那一段對話，是孔子經常諷誦在口，習以爲常的言辭，因爲，在那一段先聖賢王的對話中，啓發了孔子對於天命歸向和自身責任的看法，因爲，在那段對話中，一方面，是記述了天命的次第歸趨，以及君王撫育萬民的職責，另一方面，也顯示了堯、舜、禹、湯這幾位先聖賢王的御宇天下，卻有著並不相同的繼承途徑，堯與舜與禹的禪讓，以及商湯的征誅革命，都是歷史上千古相傳的盛事。而孔子在當時，他有其德，卻無其位，他擁有像堯、舜、禹、湯一樣的聖德賢才，也擁有與他們一樣的胸懷抱負，但是，孔子所處的時代際遇，卻與堯、舜、禹、湯大不相同，他既未能遭遇到像堯、舜一樣的聖德賢君，受到賞識拔擢，接受帝位的禪讓，而御宇天下，而大展抱負，他卻受到春秋混亂局面的影響，而不能像商湯一樣，奮起革命，誅討暴虐，而承順天命，而入繼大位。以至於徒然擁有聖德賢才，卻不能一展抱負，施澤萬民，只有眼見百姓生活於勞苦艱辛之中，日聞其怨愁悲傷的呼號，而莫可奈何。

因此，孔子遭遇如此，壯志未遂，不免日常念念於懷，而時時將古聖賢王對答的那一段話語，諷誦在口，門弟子因見孔子不時諷誦，雖然不能盡明其義，但也將之記錄在《論語》末篇的首章之中，以作孔子生活行事的實錄，或者，也隱然暗示了孔子那一未曾完成的心願志業，所以，柳宗元以爲，這一段文字，不但與孔子有關，同時，這也是《論語》中最關緊要的記述，「《論語》之大，莫大乎是也」，這種解釋，與傳統世俗一般對於孔子的理解，認爲孔子僅僅只是一位循規蹈矩，開課授徒的教育家，是頗不相同的。

二、從柳宗元的生平遭遇考察他對孔子的新看法

柳宗元讀《論語》而有新的發現，對於孔子而有異於常人的新看法，一方面，與柳宗元本身的遭遇，有很大的關聯，另一方面，則與柳宗元素所抱持的政治思想，也有密切的關係。

柳宗元年少時，「精敏卓倫，爲文章，卓偉精緻，一時輩行推仰」❸，唐德宗貞元十年（七九四），宗元二十一歲時，登進士第，貞元十四年（七九八），宗元二十六歲時，

登博學鴻辭科，得授集賢殿正字，貞元十七年（八〇一）秋，宗元調任藍田縣尉，宗元早歲，抱負大志，常思貢獻心力，從事政治，而「以興堯舜孔子之道，利安元元爲務」[4]，以「許國不復爲身謀」[5]自期，貞元十九年（八〇三），宗元三十一歲時，因御史中丞李汶的推薦，入京爲監察御史，而與王叔文、韋執誼、劉禹錫等定交，王叔文時爲翰林待詔，入侍東宮太子李誦，而乘間時常爲言民間疾苦，又頗知理道，遂爲太子信用，叔文並密結韋執誼、陸質、呂溫、李景儉、韓曄、韓泰、陳諫、劉禹錫、柳宗元、凌準、程異等人，以求異日之用，貞元二十一年（八〇五）正月，德宗崩，太子繼位，是爲順宗，韋執誼爲宰相，王叔文爲起居舍人翰林學士，而順宗因患惡疾不能言，王伾、王叔文乃暗中決事，並引劉禹錫、柳宗元等，密謀計議，將大有所爲，隨即大赦天下，免租稅，廢宮市及五坊小兒[6]，三月，宦官俱文珍等擁立廣陵王李淳爲太子，四月，宗元擢升爲禮部員外郎，六月，藩鎭將帥表請太子監國，六月，王叔文等謀奪宦官兵權不成，又以母喪，遂去位，七月，順宗下詔，令太子監國，八月，順宗禪位，改元永貞，太子即位，是爲憲宗，九月，王韋黨人皆坐貶，柳宗元貶邵州刺史、劉禹錫貶連州刺史、韓泰貶撫州刺史、韓曄貶池州刺史，十一月，柳宗元再貶爲永州司馬、劉禹錫再貶爲朗州司馬、韓泰再貶爲虔州司馬、韓曄再貶爲饒州司馬、陳諫貶爲台州司馬、韋執誼貶爲崖州司馬、凌準貶爲連州司馬、程異貶爲柳州司馬，皆坐交王叔文之故，是爲「八司馬」事件。

柳宗元與劉禹錫初貶爲邵州、連州刺史時，既已在赴任途中，及旅次江陵，始悉再貶爲永州、朗州司馬，遂更分別赴任，宗元赴永州時，母盧氏，弟宗直、宗玄，表弟盧遵皆從行，母盧氏，次年卒於永州。

永州在今天湖南省西南的零陵縣一帶，座落在羣山蒼莽之中，當時地處荒涼，人煙稀少，因此，剛從通都大邑來到永州的柳宗元，對此情形，自然恍如身在衆山環囚之中❼，心情上的孤寂之感，可以想見，他在與友人的書信中，曾經描述當時的生活情形說，「永州於楚爲最南」，「涉野有蝮虺大蜂，仰空視地，寸步勞倦，近水即畏射工沙蝨，含怒竊發，中人形影，動成瘡痏」❽，再加上宗元在永州，又常生「痞疾」，往往「行則膝顫，坐則髀痺」❾，以至於心緒不寧，無法正常工作，甚至「每聞人大言，則蹶氣震怖，撫心按膽，不能自止」❿，則宗元在永州時，環境際遇的艱險惡劣，可以想見。

宗元二十四歲娶楊憑之女爲妻，僅三年，楊氏卒，宗元三十三歲至永州後，鰥居多年，平時也常以「煢煢孤立，未有子息」⓫，引爲恨事，因此，在心情上他也常常希望能夠「歸鄉閭，立家室」⓬，「即使耕田藝疵，取老農女爲妻，生男育孫」⓭，也是心甘情願的事，但是，失望之情，卻接踵而至。

在永州時，柳宗元偶而也會收到昔日同僚長官的慰問函件，在窮愁潦倒之際，這些函件，也曾給予他心情上極大的鼓舞，元和六年，他先後收到劍南西川節度使武元衡及禮部尚書李夷簡的撫問函，他在閱讀這些函件時，不僅「捧讀喜懼，浪然涕流」，而且「慶幸之深，出自望外」⓮，同時，在永州，他也一再致函服官京都的昔日親長，希望藉由他們的幫助，能夠「姑遂少北」⓯，返於中州，但是，卻都未能遂其心願。

憲宗元和十年（八一五），柳宗元年已四十三歲，貶在永州，也已十年，是年正月，卻突然奉詔啓程，重赴長安，時朗州司馬劉禹錫，也奉詔北歸，二月，俱抵長安，三月，宗元又奉詔出爲柳州刺史，劉禹錫也奉詔出爲播州（今貴州遵義）刺史，宗元以播州地遠，而禹錫母老，不便遠行，乃上疏奏，自請以柳州易播州，時御史中丞裴度也表奏此事，禹錫遂得改授連州刺史，六月，宗元抵達柳州任所。

在柳州刺史任內，宗元改革風俗，富庶經濟，振興文化，整治都邑，對於柳州的地方，留下了極佳的政績[16]，但是在內心深處，他仍然希望能夠返回京城，他仍然期望能夠在政治上一展抱負，他仍然投書友朋，表達心聲，但是，時間一年一年的過去，在柳州，他不時感歎自己「一身去國六千里，萬死投荒十二年」[17]，感歎自己「廢爲孤囚，日號而望者十四年矣」[18]，然而，他的願望，卻始終未能達成，元和十四年（八一九）十一月八日，柳宗元病卒於柳州，享年四十七歲，他仍然是終老柳州，離家萬里，而未能返回故鄉。

自從被貶謫到永州之後，以至於終老柳州，柳宗元的後半生，也是他生命中最精華的十多年，卻一直是在憂愁困頓中度過，他的壯志雄心，一切成空，而心中的鬱結，卻不可遏抑，他對政治改革的理想，從懷持最高的熱情，到跌落在冰冷的谷底，再加上貶謫到荒遠的邊鄙之地，而長久不復，以至於各種希望都逐漸幻滅，他的內心，不免累積著太多的孤寂憤懣與不平的感覺，這種感覺，在現實環境中既然無法找到申訴的地方，在潛意識中，便不免時時會向超現實的環境裏去尋覓投射的場所，在他心中，俯仰無數的歷史人物，學問道德，心胸志氣，救世苦心，高遠理想，生平際遇，只有孔子，才是他最所嚮慕、最所企盼、也最爲類似的對象，因此，在內心深處，很自然地，便向孔子投射出自己的身影，而不自覺地以孔子為自己私心竊比相喻的對象，而要「延孔氏之光燭于後來」[19]了，他在〈與楊誨之第二書〉中曾經說道，「今將申告子以古聖人之道」，那麼聖人之道，又屬何道呢？他在書信中接著說「吾之所云者，其道自堯、舜、禹、湯、高宗、文王、武王、周公、孔子皆由之。」[20]，因此，他所說的古聖人之道，就是堯舜以至孔子以來的仁政王道，在〈寄許京兆孟容書〉中，柳宗元也說明自己是「以興堯舜孔子之道，利安元元為務」[21]，「其旨在於恭寬退讓，以售聖人之道及乎人」[22]，而希望自己能夠「致大康于民，垂不滅之聲」[23]，所以，他從事實際的政治活動，也正是以發揚孔子等人的聖人之道、仁政思想，為其目的，在〈道州文宣王廟碑〉之中，他也說到「夫子之道，閎肆尊顯，二帝三王，其無以侔大也」[24]，他甚至以為，孔子之道，是天地之間最為寶貴的思想，即使是堯、舜二帝及夏、商、周三代英王，也無法與孔子相比並觀，正如孟子所說，「自生民以來，未有盛於孔子者也」[25]，他對孔子的尊崇欽仰，可說已至極點，加上他「至永州七年矣」，「講堯舜孔子之道亦熟」[26]，所以，在他內心深處，遂以發揚孔子之道而自任，也隱隱然以當時的孔子而自相期許了，所以在撰寫〈論語辯〉時，很自然地便將自己深藏於內心的感情，不經意地流露出來，這就是在〈論語辯〉中，為什麼柳宗元對於孔子有著與眾不同看法的原因所在，也只有從這種角度，才能體會出在柳宗元的內心中，為什麼對於孔子會有異於常人看法的原因。

其實，當人們在困苦抑鬱之中，而發現歷史上某一人物，與自己有著相似的遭遇時，很自然地會對其人的不幸，作出特殊的同情與表彰，同時，也為自己抒發了慰藉之情，這是一種很自然地心理上的同化作用。

三、從柳宗元的政治思想考察他對孔子的新理解

柳宗元對於孔子的理解，有著與衆不同的看法，一方面，那與柳宗元本身的生平遭遇，有著密切的關聯，另一方面，也與柳宗元本身素所抱持的政治思想，有著密切的關係。

柳宗元的政治思想，最主要的觀念，是以民本爲基礎，像他在〈送寧國范明府詩序〉中所說的「夫爲吏者，人役也」[27]，在〈送薛存義之任序〉中所說的「凡吏于土者，若知其職乎，蓋民之役，而非以役民而已也」[28]，在〈眡民詩〉中所說的「帝視民情，匪幽匪明」，「帝懷民視，乃降民德」[29]等等，便都是這種天視自我民視，天聽自我民聽，以民衆意願爲依歸的民本觀念，立足在這種民本觀念的基礎上，推於行政，自然是以仁政王道、體察民隱爲途徑，自然是以大公無私、用人唯才爲方向。立足在這種民本的觀念基礎上，我們再來考察一下柳宗元的〈論語辯〉，就會發現，他對孔子的看法，也是從他自己的政治思想作出發點的，他對孔子的看法，也是有其線索可以尋覓的，柳宗元在〈寄許京兆孟容書〉中說：

> 宗元早歲，與負罪者親善，始奇其能，謂可以共立仁義，裨教化，過不自料，懃懃勉勵，唯以中正信義爲志，以興堯、舜、孔子之道，利安元元爲務。

在這裏，我們要問，堯、舜、孔子之道究爲何道？其實，除了以仁義存心，以仁義立教，以博施濟衆，以安利黎民百姓，以推行王道仁政之外，在柳宗元心中，堯、舜、孔子之道，還是別有其他意義存在的，柳宗元在〈貞符〉中說：

> 有聖人焉曰堯，置州牧四岳持而綱之，立有德有功有能者參而維之，運臂率指，屈伸把握，莫不統率，堯年老，舉聖人而禪焉，大公乃克建。由是觀之，厥初罔非極亂，而後稍可為也，非德不樹，故仲尼敘書，於堯曰克明俊德，……貞哉，惟茲德，實受命之符，以奠永祀。[30]

柳宗元以為，為政之道，只有有德有功有能的人，才能擔任領導者的地位，而三者之中，「德」又是最居重要的條件，同時，他以為堯的盛德之大，尤其是在建立那種大公無私的禪讓制度，能謙讓而禪位，才是堯最為偉大的盛德和功業，而道德也才是聖人受命受禪的首要條件，他並以為，三河、平陽一帶，「有溫恭克讓之德，故其人至于今善讓」，「此堯之遺風也」[31]，〈貞符〉又說：

> 是故受命不于天，于其人，休符不于祥，于其仁。

柳宗元以為，天命以民意為依歸，所以受命繼禪的君主，實在也就是受命於百姓，而非受命於上天，國家的禎祥美瑞，也都繫於君主的仁德仁政，而不繫於山墜木鳴的怪異現象，柳宗元在〈答貢士元公瑾論仕進書〉中說：

> 古之道，上延乎下，下倍乎上，上下洽通，而薦之功行焉，故天子得宜為天子者薦之於天，諸侯得宜為諸侯者薦之於王，大夫得宜為大夫者薦之於君，士得宜為士者薦之

於有司。薦於天，堯舜是也，薦於王，周公之徒是也，薦於君，鮑叔牙、子罕、子皮是也，薦於有司而專其美者，則僕未之聞也。[32]

爲政以得人爲本，大臣以薦賢爲要，故諸侯、大夫、士人選薦其賢德有能而宜爲諸侯、大夫、士人者，以進於國，那是正常不過的事，也是國家上下行之已久的事，本來不需要特別加以強調，但是，這些言論，在柳宗元的這封書信之中，卻都是客，他最措意的、也最特殊的，卻是那句「天子得宜爲天子者薦之於天」，在封建制度下，除了在位的天子之外，「宜爲天子」的，只有天子的「嫡長子」，或是天子自己認定的「太子」，才是天經地義「宜爲天子」的繼承人，這兩種情形，如是前者，既已是嫡長子的「太子」，又何需天子再去覓而「得」之呢？如是後者，則需要考察其「宜」或「不宜」，以便去加以覓而「得」之的範圍，也只是限於深宮內院的天子家中，又何勞柳宗元去特別強調，立以爲通例和原則呢？反之，只有在賢人政治的選擇權擴充推廣到將「天子」也包括在內的情形下，柳宗元所說的「天子得宜爲天子者薦之於天」的話，才更具有活潑鮮明的意義，「薦之於天」也才具有更加開闊的「天擇」意義，而非狹窄的「命定」意義了。因此，對照著下文柳宗元所提到的「薦於天，堯舜是也」，更可以看出，柳宗元的「天子得宜爲天子者」的選擇，範圍已經絕不是局限在天子的「子嗣」之中，因爲，「薦於天」，最好的榜樣是堯舜，而堯舜卻正是不傳子而傳賢的代表，也正是與「封建世襲」絕對相反的「禪賢讓能」的代表哪！柳宗元在〈舜禹之事〉中曾說：

魏公子丕，由其父得漢禪，還自南郊，謂其人曰：「舜、禹之事，吾知之矣。」由丕以來皆笑之，柳先生曰，丕之言若是可也，嚮者丕若曰，舜禹之道，吾知之矣，丕罪也，其事則信，吾見笑者之不知言，未見丕之可笑者也。凡易姓授位，公與私，仁與強，其道不同，而前者忘，後者繫，其事同，使以堯之聖，一日得舜而與之天下，能乎？吾見小爭於朝，大爭於野，其為亂，堯無以已之，何也，堯未忘於人，舜未繫於人也。堯之得於舜也以聖，舜之得於堯也以聖，兩聖獨得於天下之上，奈愚人何，其立於朝者，故齊猶曰朱啓明，而況在野者乎？堯知其道不可，退而自忘，舜知堯之忘己而繫舜於人也，進而自繫，舜舉十六族，去四凶族，使天下咸得其人，命二十二人，興五教，立禮刑，使天下咸得其理，合時月，正曆數，齊律度，量權衡，使天下咸得其用，積十餘年，人曰，明我者舜也，齊我者舜也，資我者舜也，天下之在位者，皆舜之人也，而堯隤然聾其聰，昏其明，愚其聖，人曰，往之所謂堯者果烏在哉，或曰耄矣，曰匿矣，又十餘年，其思而問者加少矣，至於堯死，天下曰，久矣舜之君我也，夫然後能揖讓受終於文祖，舜之與禹也亦然。

又說：

漢之失德久矣，其不繫而忘也甚矣，宦、董、袁、陶之賊生人盈矣，丕之父攘禍以立強，積三十餘年，天下之主，曹氏而已，無漢之思也，丕嗣而禪，天下得之以為晚，何以異夫舜、禹之事耶？然則漢非能自忘也，其事自忘也，曹氏非能自繫也，其事自繫也，

> 公與私，仁與強，其道不同，其忘而繫者，無以異也。㉝

曹丕得到漢帝禪位，而曰：「舜禹之事，吾知之矣。」後世對於這一段話，都認爲是曹丕在狂妄自滿之餘，體會出古人對於政權爭奪之事的美化，所作出的透視歎息之辭㉞，但是，柳宗元卻以爲，「未見丕之可笑」，而正可以「見笑之者不知言」，柳宗元以爲，凡是易姓授位，最重要的是站在「公」與「仁」的立場去選擇，而不是站在「私」與「強」的立場去考慮，同時，即使是像堯、舜一樣的大聖，也需要先有自進於天下百姓的功績表現，才能獲取萬民廣衆的信任尊仰，才能獲取先聖賢君充分授以政權的信心，然後才能施以禪讓君位的事實，因此，堯雖以聖人擧聖人，而其偉大處，在於能夠「退而自忘」，舜之偉大處，在於能夠「進而自繫」，因此，舜在堯昏耄衰匱、民衆思而問者加少之後，然後受終於文祖，曹丕在漢帝衰匱隱退、民衆思而問者加少之後，然後受禪帝位，其事適正相同，所以，他認爲曹丕之言，正是能夠深切體會民心民意歸趨的力量，而並不是什麼亂世奸雄勘透政爭眞相以後志得意滿的喟歎之辭。

柳宗元對於曹丕之言的解釋，是否就是曹丕心中的眞意，或許已無法斷定，但是，柳宗元之所以有這種違逆傳統、大膽駭俗的解釋，他的用心，只是在於特別強調政權君位的轉移，一定要有民心民意的支持，只有有民衆擁戴、民心歸向的人，才是名正言順的受禪者，因此，任何有民衆擁戴、民心歸向的人，也都可以有其繼承君位、治理社稷的機會，柳宗元在〈六逆論〉中說：

春秋左氏言衛州吁之事，因載六逆之說曰：「賤妨貴，少陵長，遠間親，新間舊，小加大，淫破義，六者，亂之本也。」余謂少陵長，小加大，淫破義，是三者，固誠為亂矣，然其所謂賤妨貴，遠間親，新間舊，雖為理之本可也，何必曰亂？夫所謂賤妨貴者，蓋斥言擇嗣之道，子以母貴者也，若貴而愚、賤而聖且賢，以是而妨之，其為理本大矣，而可捨之以從斯言乎？此其不可固也。夫所謂遠間親，新間舊，蓋言任用之道也，使親而舊者愚，遠而新者聖且賢，以是而間之，其為理本亦大矣，又可捨之以從斯言乎？必從斯言而亂天下，謂之師古訓，可乎？此又不可者也。嗚呼，是三者，擇君置臣之道，天下理亂之大本也。[35]

《左傳》所謂的「六逆」之說，後世往往守為常則，而柳宗元以為，少敬長，小尊大，不以淫害義，這三者，都是屬於個人德行修養方面的倫理，自必加以遵守；反之，如果少而陵長，小加於大，以淫破義，自然是非法悖禮的行為，也是人羣致亂的根源，所以，這三者，柳宗元都承認他們的正確性。至於「賤妨貴」、「遠間親」、「新間舊」，柳宗元認為，這三者，卻多是屬於擇人任用的道理，但是，為政用人之道，自應以任賢用能為主，而不必問其人是否出身於疏遠低賤，更不應專以其人關係地位的親密尊貴，而作為考量的原因，因此，柳宗元絕不承認這三者的正確性。值得注意的是，柳宗元在此文之中，談論任用人才的條件，不僅提到「賢」字，還更提到「聖」字，在古代，人們對於諸侯、大夫、士人的才幹能力，往往只用「賢」去形容，只有對於天子君王的才幹能力，才用「聖」字去形容，柳宗元在評論爵位時，自己也曾說到，「大者聖神，其次賢能」㊱，可見柳宗元在此文中用到「聖」字，絕不是偶然的，同時，柳宗元在〈六逆論〉中，也提到「擇君置臣之道」，「置臣」不必多說，「擇君」卻極可留意，君而可擇，「擇君」的當否，而又可以關係於「天下理亂之大本」，然則「擇君」必不是由天子從皇室宮中去選擇太子，而是君王本身可以由民衆去加以選擇，可以推知。因此，從以上的這些觀點去看〈論語辯〉，我們就會了解到柳宗元的想法——孔子是大賢人，也是大聖人，他有卓越的道德學問才能，足以治世濟民，也有滿懷的救世熱忱，遠大的抱負，自有生民以來，未有有如孔子者也，稱得上是「覆生人之器」，但是，他卻命途坎坷，有德無位，「上之堯舜不遭，而禪不及己」，「而已不得爲天吏」，他未能躬逢像堯舜一樣的賢君聖主，能夠大公無私地爲天下薦能擧德，爲天下「得宜爲天子」的他，「薦之於天」，接受禪讓的大禮，將天下的重任交付給他，因此，孔子在周遊天下之後，見道不行，而感歎「大道之行，與三代之英，丘未之逮也」㊲的晚年情境下，心有所感，言有所出，時常不自覺地諷道那一段〈堯曰〉的警辭，也不是並不可能的事情。另外，柳宗元在〈封建論〉中說：

> 夫天下之道，理安斯得人者也，使賢者居上位，不肖者居下位，而後可以理安。㊳

柳宗元以爲，爲政之道，只有使賢人居上位，不肖者在下位，擧直而措諸枉，才能使得天下國家，長治久安，因此，「治國在賢」㊴，才是爲政的至理，也因此，他反對世襲的封建制度，因爲「繼世而理者，上果賢乎？下果不肖乎？」㊵世襲的繼位者，誰也不能保證他們都是賢者，所以，柳宗元主張爲政之道，要用人唯才，不論出身，唯有打破封建世襲的不公平制度，才能使有才有德的賢者，躋身高位，也只有進而打破封建世襲的君主制度，推行堯舜擧賢薦能的禪讓政治，在民間下位的賢人才士，才有可能轉居君相的地位，而得以貢獻心力，博施濟衆。所以，柳宗元撰寫〈封建論〉，表面上，他只是暢論封建與郡縣二制的利病，他主張廢除封建，改行郡縣，使封建世襲之不賢而在位者，可以因郡縣制度的推行，而改以賢人居位，但是如果對於〈封建論〉再作深一層的探究質疑，人們就會很自然地想到，諸侯世襲，不賢在位，可以郡縣任賢用才之制替代，那麼，君主世襲如果不賢，又將何以應之？因此，〈封建論〉的言外之意，稍進一步，自然能夠推斷出「堯舜禪讓，賢人得位」的結論，同時，再推一步，也可想到，在上位的君主，封建世襲，如果殘民不賢，而又堅拒禪讓，則又將何以應之？殘賊之君，謂之獨夫，民心既已喪失，民意早非所歸，那麼，臣民百姓，處此關頭，羣起革命，誅殘去暴，應當也是很自然的行爲了，柳宗元在〈辯侵伐論〉中說：

> 《春秋》之說曰：「凡師，有鍾鼓曰伐，無曰侵。」《周禮•大司馬》九伐之法曰：「賊賢害能，則伐之，負固不服，則伐之。」然則所謂伐之者，聲其惡於天下也，聲其惡於天下，必有以厭于天下之心，夫然後得行焉。

又說：

> 非有逆天地、橫四海者，不以動天下之師，故師不踰時而功成焉，斯為人之舉也，故

公之，公之而鍾鼓作焉。㊶

柳宗元以爲，凡爲政之君，其有賊害賢人、嫉惡才能，以致有違逆天地之正理，橫行暴虐於四海者，則可以鍾鼓導其前，引天下義師而討伐之，蓋所以聲揚其不義於天下也，由此，也可看出，柳宗元對於殘暴的君主，橫行的獨夫，確實有著興舉義師，革命征誅的心意存在，那是不足爲奇的。

從這些角度，我們再去考察一下〈論語辯〉中的見解，我們就會了解到柳宗元的想法——孔子有德無位，他在當時，既然「上之堯舜之不遭，而禪不及己」，另一方面，「下之無湯之勢」，政治的形勢已經丕變，東周的共主，已經軟弱無能，諸侯的紛爭，又橫暴無已，大局的變化，已經不像夏桀、商紂時一般地集天下怨毒殘賊於一身，因此，商湯革命，順天應人的形勢，也已經不復存在，終至孔子一生，「不得爲天吏」、「生人無以澤其德，日視聞其勞死怨呼，而已之德，涸然無所依而施」，所以，心中感喟，不免常將思念鬱結之情，諷道吐露，以自遣胸懷，那也是人情自然的行爲了。

總之，如果我們從柳宗元的身世遭遇及政治思想這兩方面去仔細考察，則他在〈論語辯〉中所抒發的見解，以及對於孔子的看法，都會別具新義，而且也有其可以追尋的線索了。

四、從經學源流變遷考察柳宗元對孔子的新觀點

柳宗元在〈論語辯〉中，對於孔子那種異乎常人的看法，究竟是完全出諸於他自己內心

的設想，抑或在某些情況下，也符合幾許歷史的眞相呢？

秦始皇焚書坑儒之後，六經頗多殘缺散佚，漢興，立五經博士，《詩》取齊、魯、韓三家，《書》取歐陽生及大小夏侯，《禮》取大小戴及慶氏，《易》取施、孟、梁丘及京氏，《春秋》取公穀二傳，當時的五經，都以漢代通行的隸書書寫而成，是爲「今文經」。其後，民間及壁藏的經書，逐漸出現，於是《詩》又有毛氏，《書》又有孔安國，《禮》又有《逸禮》及《周官》，《易》又有費氏、高氏，《春秋》有《左氏傳》，這些經書，都以漢代以前通行的古籀文字書寫而成，是爲「古文經」。

漢代經學之有今古文之分，其初不過是書寫文字的差異，進而遂有章句之異，經旨之異，終而至於有門戶宗派之異，古代制度人物評論之異；經今古文的分別，遂成爲學術史上極關緊要的問題。

經學今古文之間的差異，表現得最爲明顯的，是對於孔子在歷史地位上的評論問題，基本上，今文學家視孔子爲一政治家、哲學家、教育家，尊孔子爲受命的素王，以六經爲孔子所作。古文學家則視孔子爲一述而不作的史學家，尊孔子爲先師，以六經爲古代的史料，爲周公的舊典。由於針對孔子歷史地位的評論，觀點不同，因此，今文學家特別尊崇孔子，在六經之中，又特別注重《春秋》，以爲是孔子微言大義所寄託。而古文學家，則特別尊崇周公，在六經之中，又特別注重《周禮》，以爲是周公制太平的寶典[42]。

漢代經學今古文的分別，很明顯地表現出這兩種不同的情況，漢代的大儒，像董仲舒所說的「春秋，大義之所本耶」[43]，司馬遷所說的「天下言六藝者，折衷於夫子，可謂至聖也矣」[44]，何休所說的，《春秋》「其中多非常異義可怪之論」[45]，便都是站在今文家的立場而發言的。像孔安國之傳《古文尚書》，劉歆之〈移太常博士書〉，賈逵之尤明《左氏國語》，便都是站在古文家的立場而議論的。後世沿承源流，歷代經學的發展和著述，也大多具有如此兩種不同的畛域或傾向，甚至到了清代，皮錫瑞還在爭辯，「孔子爲萬世師表，六經即萬世教科書」[46]，康有爲還在倡議，「孔子爲制法之王」[47]，另一方面，章學誠也在暢論「六經皆史」，以爲「六藝皆周公之政典」、「周公集羣聖之大成」、「孔子有德無位，即無從得制作之權，不得列於一成，安有大成可集乎」[48]，章炳麟也在強調「孔氏，古良史也」[49]，這種情形，也還是沿襲著漢代以下經學今古文的分別，而衍生的不同意見，由此也可見出，經今古文問題，對於歷代學術的發展，委實有著極其深遠的影響。

在六經之中，今文學家視《春秋》是孔子爲萬世制法的微言大義所在，故特別注重《春秋》一經，古文學家視《周禮》是周公爲後世制太平的寶典，故特別注重《周禮》一經。皮錫瑞在《經學歷史》中也曾說到，「孔子功繼羣聖，全在《春秋》一經」[50]，以下，我們就從《春秋》一經的角度，去考察柳宗元的學術路向，柳宗元在〈答韋中立論師道書〉中，敘述他撰爲文章的根源所自時，曾說：

> 本之《書》以求其質，本之《詩》以求其恆，本之《禮》以求其宜，本之《春秋》以求其斷，本之《易》以求其動，此吾所以取道之原也。參之《穀梁氏》以厲其氣，參之《孟》《荀》以暢其支，參之《莊》《老》以肆其端，參之《國語》以博其趣，參之《離騷》以致其幽，參之《太史公》以著其潔，此吾所以旁推交通而以為之文也。[51]

《春秋經》和《穀梁傳》，都是柳宗元平時喜歡閱讀，在撰寫文章時，取以爲明道之本，以及旁推交通的資源，在經學史上，《穀梁傳》是今文經學，另外，柳宗元也曾隨從當時的《春秋》學大師陸質，學習《春秋》，陸質字伯沖，唐吳郡人，本名淳，以避唐憲宗諱，改名爲質，質嘗師事啖助，與友人趙匡，共傳啖氏《春秋》之學，著有《春秋集傳纂例》十卷、《春秋微旨》三卷、《春秋集傳辨疑》十卷，他研究《春秋》一經，「能知聖人之旨，故《春秋》之言，及是而光明」[52]，因此，陸質承啖助之說，以治《春秋》，其學實於今文爲近，德宗貞元二十年，柳宗元三十二歲時，在京師官監察御史，陸質時爲給事中，二人寓居同一巷中，宗元「始得執弟子禮」[53]，柳宗元從陸質受業以治《春秋》，爲時雖不甚長，但是，在《春秋》經學的研究上，無疑也是站在今文學的立場而加以抒發的，因此，柳宗元對於孔子的評論，多少受到漢代以下今文學家的影響，也是不爭的事實，所以，如果他將孔子視爲是一位心懷大志、可禪可繼的政治家，也將是一件非常自然地事情，並不足以爲奇。

在〈答韋中立論師道書〉中，柳宗元也曾提到「參之《國語》以博其趣」，今本的《左傳》和《國語》，都題稱爲左丘明所撰，《左傳》既然屬於古文經，那麼，《國語》是不是也屬於古文學家之言呢？同時，柳宗元既然是「參之《國語》以博其趣」，那麼，他會不會也受到古文學家說法觀點的影響呢？其實，柳宗元對於《國語》是採取批評的態度的，他曾說到，「嘗讀《國語》，病其文勝而言尨，好詭以反倫，其道舛逆」[54]，又曾說到，「左氏《國語》，其文深閎傑異，固世之所耽嗜而不已也，而其說多誣淫，不概於聖，余懼世之學者，溺其文采，而淪於是非，是不得由中庸以入堯舜之道，本諸理作〈非國語〉」[55]，柳宗元作〈非國語〉六十七篇，主要是爲了「黜其不臧，救世之謬」56，因此，他的「參之《國語》」，也只是嗜其文采的趣味而已，在思想內容方面，既然自己已經加以駁斥非議，自然也已不會受到它不良的影響，因此，在《春秋》一經的研究上，柳宗元是較受今文經學的影響，應該是可以肯定的事實。

五、結　語

柳宗元在〈論語辯〉中，對於孔子，有著異於常人的看法，他認爲，孔子不只是一位偉大的教育家、哲學家，也更是一位偉大的政治家，孔子對於政治措施，有著推行仁政王道的理想，對於政治抱負，有著受禪繼位的企盼，因此，在柳宗元的眼中，孔子是一位有德有能、聖王型態的政治家，柳宗元對於孔子的這種看法，在一般情形下，雖然顯得突兀，但是，卻並不是完全沒有理由的：

第一、如果從柳宗元的生平遭遇方面去考察，我們就會發現，柳宗元在困頓失望之餘，不經意地，將他自己的身影，投射在他最所欽仰、最所尊信、際遇也最相接近的孔子身上，是一件十分自然的事情。

第二、如果從柳宗元素所抱持的政治思想、政治理想方面去考察，我們也會發現，柳宗元在內心深處，不但懷有救世濟民的大志，也懷有另一種「有德者可禪可繼」、「暴政可加以推翻」的政治理念，從這一角度出發，去解釋有關孔子的歷史地位及歷史評價時，很自然地，便會以自己的政治思想與理想，加被在他素所景仰的孔子的身上。

第三、如果從歷史的演進、學術的發展方面去考察，我們更會發現，孔子在歷史上，本來就有著兩種非常不同的評價和地位，而柳宗元在經學源流的分派上，所擇取的研究徑路，與今文學家的觀點，適相接近，這種觀點，也直接影響到他對於孔子的看法。

因此，柳宗元在〈論語辯〉中，對於「堯曰」以下一段古聖賢王傳心之言的解釋，對於孔子有其異於常人的看法，實際上，都與柳宗元本人的生平遭遇、思想路徑、學術取向，有著密不可分的關係，而不是一種突發的偶然現象，這是可以理解的。

總之，柳宗元在〈論語辯〉中的解釋，確實已經為孔子塑造了一副嶄新的面貌，孔子的這副面貌，對於世人而言，雖然非常陌生，但是，這副陌生的面貌，也許更加符合歷史的眞實，也許更能勾勒出孔子的原始形象，也未可知哩！

附注

❶ 此據河洛出版社影印《柳河東集》，民國六十三年十二月初版，下引並同。

❷ 《論語・堯曰篇》云：「堯曰，咨爾舜，天之歷數在爾躬，允執其中，四海困窮，天祿永終。舜亦以命禹曰，予小子履，敢用玄牡，敢昭告于皇皇后帝，有罪不敢赦，帝臣不蔽，簡在帝心，朕躬有罪，無以萬方，萬方有罪，罪在朕躬。」履，為湯之名，禹下，或當有湯字，以下，為湯禱雨之辭。

❸ 見《新唐書・柳宗元傳》。

❹ 見柳宗元〈寄許京兆孟容書〉，載《柳河東集》卷三十。

❺ 見柳宗元〈冉溪詩〉，載《柳河東集》卷四十三。

❻ 見韓愈所撰《順宗實錄》卷二，此據馬其昶《韓昌黎文集校注》，民國五十六年五月世界書局再版本。

❼《柳河東集》卷二有〈囚山賦〉，自云「楚越之郊環萬山」。

❽ 見柳宗元〈與李翰林建書〉，載《柳河東集》卷三十。

❾ 同注❽。

❿ 見柳宗元〈與楊京兆憑書〉，載《柳河東集》卷三十。

⓫ 同注❹。

⓬ 同注❿。

⓭ 同注❽。

⓮ 見柳宗元〈謝襄陽李夷簡尙書委曲撫問啓〉，載《柳河東集》卷三十五。

⓯ 同注❹。

⓰ 參拙著〈韓愈柳州羅池廟碑析論〉一文，載國立中興大學《中文學報》第一期。

⓱ 見柳宗元〈別舍弟宗一〉詩，載《柳河東集》卷四十二。

⓲ 見柳宗元〈上門下李夷簡相公陳情書〉，載《柳河東集》卷三十四。

⓳ 見柳宗元〈答貢士元公瑾論仕進書〉，載《柳河東集》卷三十四。

⓴ 見《柳河東集》卷三十三。

㉑ 同注❹。

㉒ 見柳宗元〈與楊誨之第二書〉，載《柳河東集》卷三十三。

㉓ 同注⓳。

㉔ 見《柳河東集》卷五。

㉕ 見《孟子・公孫丑上》。

㉖ 同注㉒。

㉗ 見《柳河東集》卷二十二。

㉘ 見《柳河東集》卷二十三。參拙著〈柳宗元的民本思想〉一文，載《孔孟月刊》二十六卷四期。

㉙ 見《柳河東集》卷一。

㉚ 見《柳河東集》卷一。

㉛ 見柳宗元〈晉問〉，載《柳河東集》卷十五。

㉜ 見《柳河東集》卷三十四。

㉝ 見《柳河東集》卷二十。

㉞ 甚至清人崔述，還有舜放堯之說，見所著《上古考信錄》。

㉟ 見《柳河東集》卷三。

㊱ 見柳宗元〈天爵論〉，載《柳河東集》卷三。

㊲ 見《禮記・禮運篇》。

㊳ 見《柳河東集》卷三。

㊴ 見柳宗元〈愈膏肓疾賦〉，載《柳河東集》卷二。

㊵ 見柳宗元〈封建論〉，載《柳河東集》卷三。

㊶ 見《柳河東集》卷三。

㊷ 參皮錫瑞《經學歷史》、周予同《經今古文學》。

㊷ 見《春秋繁露・正貫第十一》。

㊹ 見《史記・孔子世家》。

㊺ 見《春秋・公羊傳序》。

㊻ 見《經學歷史卷一・經學開闢時代》。

㊼ 見《孔子改制考卷八・孔子爲制法之王考》。

㊽見《文史通義》〈易教〉、〈原道〉等篇，參拙著〈章實齋六經皆史說闡義〉一文，載《中國學術年刊》第六期，並收入拙著《清代學術史研究》一書。

㊾見《訄書・訂孔篇》。

㊿見《經學歷史卷三・經學昌明時代》。

51 見《柳河東集》卷三十四。

52 見柳宗元〈唐故給事中皇太子侍讀陸文通先生墓表〉，載《柳河東集》卷九。

53 見柳宗元〈答元饒州論春秋書〉，載《柳河東集》卷三十一。

54 見柳宗元〈與呂道州溫論非國語書〉，載《柳河東集》卷三十一。

55 見柳宗元〈非國語序〉，載《柳河東集》卷四十四。

56 同注54。

（此文曾刊載於《孔孟學報》五十七期，民國七十八年三月出版）

柳宗元〈天對〉與王廷相〈答天問〉之比較

一、引言

〈天問〉是《楚辭》中的一篇，自從司馬遷在《史記·屈賈列傳》中說道：「余讀〈離騷〉、〈天問〉、〈招魂〉、〈哀郢〉，悲其志。」人們大都承認，〈天問〉是屈原的作品，雖然，近代也曾有些學者，提出了不同的看法，卻也很少能有確切的證據，去否定〈天問〉爲屈原所撰作的❶。

王逸在《楚辭章句》中說：「〈天問〉者，屈原之所作也，何不言問天，天尊不可問，故曰天問也。屈原放逐，憂心愁悴，彷徨山澤，經歷陵陸，嗟號昊旻，仰天歎息，見楚有先王之廟，及公卿祠堂，圖畫天地，山川神靈，琦瑋僪佹，及古聖賢，怪物行事，周流罷倦，休息其下，仰見圖畫，因書其壁，呵而問之，以渫憤懣，舒寫愁思，楚人哀惜屈原，因共論述，故其文義，不次序云爾。」❷在這段文字中，王逸除了肯定〈天問〉是屈原的作品之外，也提出了「呵壁」之說，作爲屈原問天的理由，只是〈天問〉所問，包羅甚廣，似乎不僅只是屈原爲了舒寫憤懣愁思的作品，戴震在《屈原賦注》中說：「問，難也，天地之大，有非人之智所能測者，設難以疑之。」❸已經較「呵壁」的說法，稍微近是，游國恩在〈天問題解〉中說：「天問者，舉凡天地間一切顯象事理以爲問，猶今人曰自然界一切之問題云爾。」又說：「屈子以天問題篇，意若曰，宇宙間一切事物之繁之不可推者，欲從而究其理耳。」❹解釋「天問」的意義，則似最爲中肯。另外，王逸也提到〈天問〉篇中「文義不次序」的問題，洪興祖在《楚辭補注》中說：「天地之間，千變萬化，不可以次序陳。」作爲補充王逸說法的理由，其實，〈天問〉中的文字章句，略有雜亂，略有錯簡，是極有可能的事情❺，至於說它全無條理，「文義不次序」，王逸的說法，恐怕就不是事實了，王夫之在《楚辭通釋》中說：「篇內事雖雜舉，而自天地山川，次及人事，追述往古，終之以楚先，未嘗無次序存焉。」❻就是很合理的說明。

〈天問〉篇中，一共提出了一百七十多個問題，這些問題，依據它們的性質，大致可以分爲「天象」、「地理」、「神話」、「古史」等四類，四類之中，古史較多，地理最少，但是，從大體觀之，則都是屬於自然界一切事理現象的問題。

〈天問〉中所提出的一百多個問題，歷來的注家們，多數是疏釋問題的章句本身，而很少嘗試去針對所問的問題，提出解答，那固然是注釋古籍的正體，但是，卻總不免是有所缺憾，直到距離屈原千載以後，唐代的柳宗元，撰作〈天對〉，才首先嘗試著較全面地去尋求這些問題的答案❼。同時，在距離柳宗元又將近千載之後，明代的王廷相，撰作了〈答天問〉，也再度去嘗試爲〈天問〉中所提出的問題，尋覓答案❽。

宋人黃伯思在〈校定楚辭序〉中說：「〈天問〉之章，辭嚴義密，最爲難誦，柳柳州於千祀後，獨能作〈天對〉以應之，深宏傑異，析理精博。」❾黃氏對於柳宗元的〈天對〉，極爲稱譽，但是，王廷相在〈答天問序〉中卻說：「楚屈原有〈天問〉一篇，漢劉向、揚雄、班固，晉王逸，宋朱子，皆有注釋，但其言多天地、日月、星辰、山川之祕化，及夫羲黃堯舜三王之遺蹟，且誣謬奇詭，神祕之說參半，以故諸儒雖援引傳記，以解其文，而發問之意，尙蒙蔀而未彰，唐柳氏子厚，雖有〈天對〉，然多依文憑故爲辭，而正諸經要之道者無幾」，「余讀其書而病之，暇日取所問者，每一事相屬作一首，共得九十五首，每首以數語答之」，「則於三閭之問，未必無指迷辯惑之助也。」[10]因此，王廷相的〈答天問〉，實際上是不滿意柳宗元〈天對〉的回答，而對〈天問〉中的問題，重新提出了自己的解答。

那麼，〈天問〉中所提出的問題，柳宗元與王廷相二人的解答，何者較爲優勝？兩者的差異，又何所在呢？想來也是饒富趣味，值得比較的工作，同時，透過〈天對〉與〈答天問〉，我們也可以進而了解，柳王二人對於古代某些自然界事物現象的特殊看法，因此，才有了此文比較的撰作[11]。以下，姑就〈天問〉四類問題之中，各舉數例，以見大端，至於〈天問〉本文的疏釋，則大體根據王逸的《章句》，以及朱子的《集注》與洪興祖的《補注》，至於〈天對〉的詮釋，則大體根據柳宗元的自注，並參考宋人楊萬里的〈天問天對解〉[12]，至於王廷相的〈答天問〉，因別無注釋，則多以己意，斟酌作解，以爲比較之用。

二、比　較

(一) 天象類

天象類中所提出的問題，都是有關天體的現象，例如〈天問〉曰：

斡維焉繫？天極焉加？八柱何當？東南何虧？⑬

柳宗元〈天對〉曰：

烏徯繫維，乃糜身位，無極之極，漭瀰非垠，或形之加，孰取大焉。皇熙亹亹，胡棟胡宇，宏離不屬，焉恃夫八柱。⑭

王廷相〈答天問〉曰：

水之磑，運以樞，天體環轉，乘氣之機，太虛茫茫無涯，夫安繫安加。地竅于山川，故以虛而乘水，倒瓶於水，浮而不沉、似之，謂八柱奠之，涉乎謬幽，地如覆盂，崑崙中高，四旁皆下，中國當其東南，故西北高，水皆注之，謂地缺東南，類乎偏見。⑮

〈天問〉提到，上古以爲，天體像車輪一般轉動，那麼，是否會有巨綱巨繩，加以繫縛呢？同時，天體的邊際，又在何處？又是如何加上去的呢？另外，自古傳說，天下有八座大山，作爲擎天之柱，究何所在？而大地之上，何以東南地勢低卑虧缺，且多有江海流注？對於這些問題，柳宗元認爲，天體自始就安處在它本身的位置之上，那裏需要綱繩的繫縛，才能懸而不墜呢！同時，天柱無極無涯，廣大無邊，如果能有別的事物爲天體加上邊緣，那麼，天體還能算得上是「大」嗎！另外，天是大氣的聚積，運動不息，既不是棟樑屋宇，又那裏需要八柱的支撐呢！王廷相則認爲，天體在太虛之中，就如同石磨在水中一樣，乘著大氣，環繞運行，太虛既然茫茫無邊無際，天體又何需加以綱維的維繫呢！另外，大地是虛浮於水面之上，如瓶倒置於水面，而不下沉，自然不需要八座大山，作爲支柱，如果一定要說天下有八座大山，作爲擎天之柱，那毋寧是悠謬不實的說法，他又認爲，大地如同覆蓋的盂盆一樣，崑崙山居中最高，其他四邊都逐漸低下，中國適在崑崙山的東南，故西北較高，衆水於是由西北向東南流注，因此，如果一定要說只有大地的東南是虧缺的現象，那就是一種主觀的偏見了。對於上述〈天問〉的問題，柳王二人的答案，非常接近，他們都否認天體需要維繫，都否認天有八柱，東南獨爲虧缺，只是，柳宗元的回答，比較簡略，而王廷相的回答，則較爲明確肯定，不過，王氏認爲大地是虛浮於水面之上的說法，卻是不合於事實的。又如〈天問〉曰：

> 出自湯谷，次于蒙汜，自明及晦，所行幾里？

柳宗元〈天對〉曰：

> 輻旋南晝，軸奠于北，孰彼有出次，惟汝方之側，平施旁運，惡有谷汜？當焉為明，不逮為晦，度引久窮，不可以里。

王廷相〈答天問〉曰：

渾器圓測，《周髀》蓋天，術不同祖，厥理並玄。日光有限，弗及為暗，暗則為夜，明則為旦，夏至夜中，北天如曉，以為入地，恐非至道，出非由暘，入非淪汜，巨億巨萬，《淮南》計里，荒謬欺迷，與豎亥同軌。

〈天問〉提到，太陽傳說升起於湯谷的地方，而止息於蒙汜的地方，「平旦而出，至暮而止」（王逸注），究竟行經了多少里數呢？這是問「一日之間，日行幾里乎」（朱熹《楚辭集注》），對於這個問題，柳宗元認爲，大地與太陽的關係，好比是車輻與車軸的關係，大地在外，太陽居中，當車輻（大地）轉動向南，車軸（太陽）就自然處在北方了，因此，太陽那裏是有所「出」和有所「次」，有所升起與止息呢！只是大地自身在逐漸傾側斜移而已，因此，大地只是在平面地移運轉動而已（施，移也），又那裏有湯谷與蒙汜呢！要之，太陽明亮照耀，大地自行運動，面對著太陽的部分，就是白晝，不曾面對著太陽的部分，就是黑夜，太陽距離大地遙遠，不能以億萬數，又豈能以里數去計算呢！王廷相則認爲，自古以來，以渾天儀測定天圓，以《周髀》算術計算天象，方法雖不一樣，道理卻同稱玄妙，大地之有晝夜，主要是由於太陽之光，力量有限，由於太陽運行，距離大地，有近有遠，大地接近太陽，則爲白晝，距離過遠，日光不及，則爲黑夜，因此，太陽既不是出自於暘谷（暘與湯同），也不是入至於蒙汜，而太陽距離大地，相隔何止億萬里數，又不停運動，難以計算多少里數，《淮南子・天文訓》曾經說，「日行九州七舍，有五億萬七千三百九里」，不過是荒謬欺誑幼稚的說法罷了。對於上述〈天問〉的問題，柳宗元已經了解到地球圍繞太陽轉動的現象，而王廷相則似乎仍然只是認爲太陽是在直線上有所運行，二人見解的高下，也是有所分別的。

又如〈天問〉曰：

夜光何德，死則又育？厥利維何，而顧菟在腹。

柳宗元〈天對〉曰：

燬炎莫儷，淵迫而魄，遐違乃專，何以死育，玄陰多缺，爰感厥兎，不形之形，惟神是類。

王廷相〈答天問〉曰：

月光藉日，相向常滿，人不當中，時有弗見，遠日漸光，近日漸魄，視有向背，遂成盈缺。太陰元精，安有宮闕？孰云腹菟，而杵臼以藥？

〈天問〉提到，月亮（夜光）究竟具有何種特性，每月自晦而明，如同死而復生一般？而月中有兔（菟與兎同），究爲何種因緣，而在月亮腹中，搗藥爲生呢？對於這些問題，柳宗元認爲，太陽的炎熱強光，無物可以比擬，月亮本無光炎，只能藉著日光反射，因此，當月亮運行逼近了太陽，大地處於月亮背後，反而看不到月光的明亮（魄，月無光也），只有在月亮運行距離太陽遙遠，大地居於太陽與月亮之間，人們才能看得到月亮所反射出來的光亮，因此，月亮每月一度的明晦，只是月亮的運行，恰於太陽大地之間，形成向背之勢而已，並不是月亮本身有所謂死而復生的特性存在，至於顧兎之在月中，只是月亮（玄陰）本身有著許多表面上的缺陷陰影，使人遙望，感覺上似乎是有兎子一般，其實，月中的兎影，只是一種無形的形象，神態類似兎子而已。王廷相則認爲，月亮本身無光，是藉著太陽的光，才能反射出明亮的光芒，因此，只有在月亮對準了太陽時，才能反射光芒，如果不是正向太陽，大地上的人們，便不能見到月亮的光芒了，因此，月亮離太陽愈遠，光芒便漸大，距太陽愈近，光芒就漸暗，這是由於月亮本身的運行，距離太陽，有遠有近，人們在大地之上，觀看月亮，視線有向有背，因此，每月之中，月亮就自然形成了盈滿與虧缺的現象，至於傳說中以杵臼擣藥的兎子，只不過是月亮中的陰影而已，月亮中又那裏眞有兎子和宮闕臺閣的存在呢！對於上述〈天問〉的問題，柳王二人的觀點，非常接近，二人都不承認月中有兎子宮闕的傳說，二人似乎也都了解到一點地球圍繞太陽運行，以及月亮圍繞地球運行的道理，只是理解說明得仍然不十分清晰明確而已，是以二人才會說出「淵迫而魄，遐違乃專」，「遠日漸光，近日漸魄」的話，似乎對於地球在太陽與月亮之間的關係，仍然是有著相當模糊的印象。又如〈天問〉曰：

何闔而晦？何開而明？角宿未旦，曜靈安藏？

柳宗元〈天對〉曰：

明焉非闢，晦焉非藏，孰旦孰幽，繆躔于經，蒼龍之寓，而廷彼角亢。

王廷相〈答天問〉曰：

> 日遠而晦，日近而明，夜常在天，夫馬藏匿？

〈天問〉提到，天上何處有門關閉而黑暗晦冥？天上何處有門張開而光明曉亮呢？當東方角亢星尚明亮掛於天際，大地尚黑暗未明之時，太陽（曜靈）又潛藏在何處呢？這是「問晝夜所以分」（王夫之《楚辭通釋》）的問題，對於這些問題，柳宗元認爲，天空明亮，並不是由於天門開闢的緣故，天色晦暗，也並不是由於天門關閉而太陽潛藏的結果，他認爲，天地的明亮及幽暗，如果認爲是由於太陽在一定的徑路（經同徑）上運動的結果，那未免就是錯誤的認識了，他認爲，把蒼龍當作是角、亢、氐、房、心、尾、箕等七星的總名，以爲是天下聽訟理獄之事的主宰，那只是自古傳說的寓言而已，只是欺誑（迋通誑）不實的言辭。王廷相則認爲，天地的晦暗冥黑，是由於太陽的運行已遠離了大地，天地的光明曉亮，是由於太陽的運行已接近了大地，只有太陽的運動遷移，才造成了大地的明暗，因此，黑夜其實常在天地之間，太陽卻並沒有潛藏哪！對於上述〈天問〉的問題，柳王二人的觀點，以柳宗元所說的理由，較爲近眞，因爲，對於晝夜明晦的分別，柳宗元認爲並不是太陽在運行，而是大地自身運動的結果，這種看法，較之王廷相所說的「日遠」「日近」，更爲符合事實的眞相。

以上，是一些有關天象的例子。

(二) 地理類

地理類中，所提出的問題，都是有關地理的情況，例如〈天問〉曰：

洪泉極深，何以窴之？地方九州，何以墳之？

柳宗元〈天對〉曰：

行鴻下隤，厥丘乃降，焉填絕淵，然後夷于土。從民之宜，乃九于野，墳厥貢藝，而有上中下。

王廷相〈答天問〉曰：

疏源導委，汎濫自息，水行土中，厥土乃夷，謂平填而平，匪哲之思。土色有五，白黑青赤黃，土質有五，壤墳泥埴壚，辯其墳者，別其田之等差，別其田者，定其稅之所宜，聖人仁察，以均天下如此。

〈天問〉提到，上古時代，洪水淵泉泛濫極深，大禹究竟是如何去加以塡塞的呢？而洪水平後，九州土地，分爲九品，大禹究竟是如何去加以區劃（墳，分也）的呢？對於這些問題，柳宗元認爲，大禹治水，主要是將洪水疏導，使它下墜渲洩（隤，墜也）流向低窪之處，如此，高如山丘的洪水，自然就會降低水勢，減弱災害了，又那裏需要去塡塞水淵，才能平整土地呢！至於劃分九州土田，大禹主要是親自考察各地的土地，看出它們適於種植何種作物，才將全國土地，分爲九等，並將各地賦稅，也分爲上中下三品九等。王廷相則認爲，大禹平治洪水，主要在於疏通本源，導引支流，使水行於低下的土地之中，如此，不僅洪水的泛濫爲患自息，大地也由是可加整平，絕不是用什麼匪夷所思的塡土塞淵的平水手法，至於區分九州土田，大禹是分析土地，先確定了土色有五種，土質也有五種，然後根據土色土質的差異，而分其高下，再由土田的高下，及所種農作物的價值差異，而分別其貢稅的不同，所以，大禹純粹是以仁愛存心，細察土田，才定出了公平合理的九種品第。對於上述〈天問〉的問題，柳王二人的觀點，大體相近，只是，王廷相的分析，較爲細密而已。又如〈天問〉曰：

東流不溢，孰知其故？

柳宗元〈天對〉曰：

東窮歸墟，又環西盈，脈穴土區，而濁濁清清，墳壚燥疏，滲渴而升，充融有餘，泄漏復行，器運浟浟，又何溢爲。

王廷相〈答天問〉曰：

四海會通，地浮于上，水雖日注，安得而盈？泉源激于嵌空，雲霧化于氤氳，東流無窮，激化亦無窮，水之虛實有無，不越乎乘化聚散二端而已矣，東流不溢，厥故惟此，

《禦寇》歸墟，《鴻烈》沃焦，擬論穿鑿，匪貞觀所取。

〈天問〉提到，「百川東流，不知滿溢」（王逸注），到底是什麼緣故呢？對於這個問題，柳宗元認爲，大地上的百川江河，都流向東方低處，流注到歸墟的地方，（《列子·湯問篇》說渤海之東有大壑，名為歸墟，天下之水，莫不流注於此，而水却無所增減）再廻環往西，以大地中的脈穴縫隙，作爲孔道，而流回西方，充盈在西方的高處，以致西方的水流，有清濁的不同，而水之所以能向上流動，那是由於大地的泥土，有些是黑硬的堅土，有些是乾燥的鬆土，像人們口渴乾涸一般，需要吸收水分作滋潤，因此，水流也就不斷地被大地吸收而逐漸流向西方的高處，即使在回流的過程中，水分偶有洩漏，西方高處的水分，仍然充實有餘，不虞匱乏，大水然後再以河川作運輸的容器，不斷地向東方低處流注，如此循環不已，高處永不枯竭，低處也永不滿溢。王廷相則認爲，大地是漂浮在水面之上，大地之下，四海之水，都相互流通，因此，西方高處的水，雖然每天不停地流注，東方低處，也不會因而盈滿外溢，另外，大水相互冲激，上升於天空之中，水氣化爲雲霧，由是消失，因此，大水一面東流，也一面相互冲激變化消失，因此，大水一部分由實轉虛，由有變無，由於有這兩種因素，所以大水東流，而不滿溢，緣故就在於此了，至於《列子》所稱的歸墟無底之壑，《淮南子》所稱的沃焦灌水之山，那不過是穿鑿附會的言論，爲有識者所不取的。對於上述〈天問〉的問題，柳王二人的觀點，頗有不同之處，柳宗元以爲，大水是由土地之中，回流到西方高處，再重新東流，而如此循環不已，這種看法，是不合事實眞相的，而王廷相則以爲，大水由空氣中蒸發，化爲雲霧，以致消失，雖有部分合乎事實，但是，他卻不能了解水氣化爲雲霧，雲霧遇到冷空氣，又化爲水滴下落的原理，距離眞相，不免仍隔一層，同時，他以爲大地是浮於水面之上，四海之水可以相通的看法，也是不正確的。又如〈天問〉曰：

東西南北，其脩孰多？南北順墮，其行幾何？

柳宗元〈天對〉曰：

東西南北，其極無方；夫何鴻洞，而課校脩長？茫乎不準，孰衍孰窮？

王廷相〈答天問〉曰：

天地四極，冥茫無據，其長其衍，孰能校之？臬表土圭，遺法俱在，數雖可推，孰爲驗之？

〈天問〉提到，大地的東西與南北，兩個方向，何者較長？如果是南北較東西爲短（墮，圓而狹也），那麼，兩者相差，又有多少距離？對於這兩個問題，柳宗元認爲，大地的東西與南北，就人們所知，是無窮無盡，沒有止境的，大地既然是廣博無邊，那麼，人們又何必去計較量度它的長短呢！至於古代人們以爲大地南北較短，東西較長，但是，大地在不停地變動之中，人們又如何能夠去量度它東西南北的距離究竟相差多少呢！王廷相則認爲，天地四邊，究何所至，茫然杳然，人們並無所知，因此，東西南北，何者爲長，何者較短，以及二者相差，距離多少，誰又能夠精確地去加以量度呢？自古以來，雖然人們發明了標誌準則的「臬表」、測量日影的「土圭」，遺留至今，似乎是可以用數目去推算，但是，誰又曾經試驗過而得到確實的答案呢！對於上述〈天問〉的問題，柳王二人的觀點，約略相同，都以爲大地的長短距離，是不可能推知的，其實，就今天科學的角度而言，大地雖大，其東西與南北的長短及差距，仍然是有限而不是無限，仍然是可以測知而不是無法推知的啊！又如〈天問〉曰：

> 何所冬暖？何所夏寒？

柳宗元〈天對〉曰：

> 狂山凝凝，冰于北至，爰有炎洲，司寒不得以試。

王廷相〈答天問〉曰：

> 炎州海溢，冬亦揮箑，陰山瀚海，夏有凝冰，其南北之大分乎！洼下春先，無風冬暖，雖北亦然，高峻雪積，雨夏寒生，雖南無間，其不可以大分拘者乎！謂寒暖恆有定方，卽非大觀精鑒。

〈天問〉提到，大地之上，何處冬天氣候反而溫暖？何處夏天氣候反而寒冷？對於這兩個問題，柳宗元認爲，《山海經・北山經》記載，「狂山無草木，冬夏有雪」，應該是夏天最爲寒冷的地方（北至，夏至也），東方朔《十洲記》記載，「南方有炎州，在南海之中」，應該是冬天最爲溫暖的地方，北方司寒之神，在炎州是無所用其技的。（柳宗元對於這兩個問題的回答，先後顛倒）王廷相則認爲，南方炎州，處於海濱之地，雖在寒冬，也要揮扇去暑，應該是冬天最爲溫暖的地方，陰山瀚海，處於北方之地，雖在夏天，也有冰雪凝凍，應該是夏天最爲寒冷的地方，這也許就是南北地理氣候最大的分野了，不過，一般而言，在地勢低窪的地方，往往常保溫燥，寒風既少，雖至冬天，仍然溫暖如春，即使位處北方，只要地勢低窪，情形也不會改變，反之，在地勢高峻的地方，往往常保寒濕，經常積雪，雖至夏天，仍然陰冷，即使地處南方，只要地勢高峻，情況也不會改變，這種現象，就不能以南北地域的分野去拘束它們的氣候了，所以，綜合而言，一定要認爲氣候的寒暖，與地域的南北，有必然的關係，那就不是通達精確的看法了。對於上述〈天問〉的問題，柳王二人的觀點，雖也相近，但是，柳宗元回答得較爲簡略，王廷相回答得較爲繁密，而且，王廷相不以南北地域決定氣候寒暖的看法，也更加符合了自然界的眞實現象。

以上，是一些有關地理的例子。

㈢ 神話類

神話類中，所提出的問題，都是有關神話的情形，例如〈天問〉曰：

羿馬彃日？烏馬解羽？

柳宗元〈天對〉曰：

> 焉有十日，其火百物，羿宜炭赫厥體，胡庸以枝屈，大澤千里，群鳥是解。

王廷相〈答天問〉曰：

> 彼蒼之高，羿力安能底？羽自天解，飄颻安所止？天人迥絕，童蒙孰信此？

傳說上古帝堯之時，有十日並出，每一日中，各有一隻烏鴉，曬得大地之上，草木焦枯，堯於是令后羿射日，命中九日，九日之中，九烏皆死，而又飄墮下它們的羽毛，〈天問〉因此提到，后羿究竟是怎樣去仰射九日（彃，射也）？九日中的九烏，又怎樣會飄墮下它們的羽毛？對於這兩個問題，柳宗元認爲，天上那裏會有十個太陽，將百物都焚燬燒焦呢？如果天上眞有十日，可以燒燬百物，那麼，后羿的身體早已應該被燒成赤炭一樣了，那裏還能彎屈肢體（枝同肢），去仰面而射日呢！至於天上飄墮鳥羽，不過是千里大澤之中，棲有鳥群，鳥羽鳥毛，大批脫落所致（柳宗元將「烏」字改釋為「鳥」字）[16]。王廷相則認爲，蒼天之高，高不可極，后羿雖有神力，又怎能仰射九日，使之墜落呢？又怎能使太陽中的九烏，飄墮牠們的羽毛，而無所安止呢？其實，在大自然中，上天與人類，相隔懸遠，絕無射日的可能，即使是童蒙幼子，也是無法相信這種說法的。對於上述〈天問〉的問題，柳王二人的觀點，大致相同，都是採取懷疑的態度，以爲后羿射日飄羽之事，是不足採信的。又如〈天問〉曰：

何勤子屠母，而死分竟墜？

柳宗元〈天對〉曰：

禹母產聖，何疈厥旅，彼淫言亂噣，聰聵以不處。

王廷相〈答天問〉曰：

生而剝母，何異梟獍，柳曰淫言，予曰誣聖。

〈天問〉提到，大禹治水，勤勞國事，何以傳說他出生之時，竟然是裂開了母親的胸背，而才出世的？而大禹出世之後，他的母親，又竟然屍身分裂（死同屍），墜散在四地，這樣的不孝之人，又如何能擁有聖德而憂心天下呢？對於這個問題，柳宗元認爲，大禹的母親，生產聖人，聖人也是人，又怎會裂開背膂（旅同膂，疈，裂也），而後出生呢？因此，這種傳說，只是一種胡言亂語，聰明的人，是絕不會入耳相信的。王廷相則認爲，如果大禹出生，眞是從母親的胸背之間，分裂而出，以致害死了自己的母親，那麼，大禹的行徑，已經與食母的梟鳥惡獍，毫無差別，又如何能爲天下的表率呢！因此，這種傳說，已不僅是柳宗元認爲的「淫言」而已，更應該是厚誣聖人的惡毒之詞哩！對於上述〈天問〉的問題，柳王二人的觀點，極爲相似，一則以爲是「淫言」，一則以爲是「誣聖」，都是站在批判否定的立場去立論的。又如〈天問〉曰：

蓱號起雨，何以興之？

柳宗元〈天對〉曰：

陽潛而爨，陰蒸而雨，蓱馮以興，厥號爰所。

王廷相〈答天問〉曰：

山川出雲，以陰以雨，一氣蒸鬱，何屏翳是主？化機之神，匪形匪人，風伯霜娥，雷公電母，囂囂夫焉取？

〈天問〉提到，傳說中稱爲雨師的蓱翳（王逸曰：「蓱，蓱翳，雨師名也。」），何以大聲呼號，天上就會滿布烏雲而沛然降雨呢？對於這一問題，柳宗元認爲，天地之間，陽氣潛藏在下，就會變成炎熱之氣，而上升於天，如果再遇到陰冷的空氣，相互蒸發，就會凝結成雨，而下降於地，因此，降雨是由於氣候冷熱的變化所致，天地之間，降雨也是自然的現象，人們由於好奇而不知原因，而以雨師蓱翳之名稱呼，以爲是天上神明在作主宰，不免是有所附會。王廷相則認爲，山谷大川之間，由於氣候冷熱的變化，而產生許多雲朵，因而造成陰曀與降雨的現象，因此，上天降雨，不過是大氣受到冷熱變化的結果而已，何嘗是傳說中的雨師蓱翳，在作降雨的工作呢！因此，天候的變化，並非掌握在某些神明手中，那些傳說中人格化的風伯霜娥，雷公電母，雖然名聲響亮，卻那裏是事實的眞相呢！對於上述〈天問〉的問題，柳王二人的觀點，大略相同，都是否認神怪傳說，而從自然界的氣候變化，去加以解釋，而王廷相的說明，文字雖然較繁，論其實質內容，卻未必勝過柳宗元的解釋。又如〈天問〉曰：

> 女媧有體，孰制匠之？

柳宗元〈天對〉曰：

> 媧軀虺號，占以類之，胡曰化七十，工獲詭之。

王廷相〈答天問〉曰：

> 繼羲而皇，厥號以女，人首蛇身，補天煉石，所傳怪劇，反以啓疑。

〈天問〉提到，傳說中的女媧氏，人頭蛇身，一日之中，可以有七十種不同的變化，她那種怪異的形體，又是由誰所設計創造出來的呢？對於這個問題，柳宗元認爲，女媧的身軀，有蛇虺的稱號，那不過是後代的人們，利用占卜時的徵兆，所推測出來的形象，加以設計製造而成罷了，又何必要說女媧一日之內，能有七十種變化，以致使得繪畫的工匠，得以據此而任意加以渲染，任意變換其形狀呢！王廷相則認爲，傳說中女媧繼承伏羲，爲天下帝王，即以女媧之名爲稱，形體怪異，人首蛇身，但能化煉彩石，以補天柱之缺，也許，歷史上確曾有過這樣一位帝王，但是，傳說之中，女媧的形體行徑，委實太過神奇怪異，反而使人不免有所懷疑，懷疑女媧的眞實性了。對於上述〈天問〉的問題，柳王二人的回答，雖不盡相同，但是，二人的觀點，卻非常相似，都是站在懷疑的立場去加以申論的。

以上，是一些有關神話的例子。

㈣ 古史類

古史類中，所提出的問題，都是有關古代歷史的情況，例如〈天問〉曰：

桀伐蒙山，何所得焉？妹嬉何肆？湯何殛焉？

柳宗元〈天對〉曰：

惟桀嗜色，戎得蒙昧（疑當作妹），淫處暴娛，以大啓厥伐。

王廷相〈答天問〉曰：

嗜妹麗，昏政刑，桀也安畱而利危，戰鳴條，放南巢，湯也順天而應人。

〈天問〉提到，夏桀曾經征伐蒙山之國，他究竟有何所獲？妹嬉究竟是怎樣的人，桀何以對她如此濫施情意，而沉迷於淫惑之中？商湯又何以能將夏桀妹嬉，流放到南巢，而加以誅殺呢？對於這些問題，柳宗元認爲，由於夏桀王嗜愛女色，因此興兵征伐蒙山，得到蒙女妹嬉，十分寵幸，荒淫無度，縱情享樂，以致朝政敗壞，民不聊生，因而引起了湯的討伐，終於遭到滅亡的命運。王廷相則認爲，夏桀王貪嗜妹嬉的美色，荒廢了朝政刑律，國家已經危險萬端，夏桀卻仍以爲安然無事，商湯忍無可忍，出兵討伐，戰於鳴條之野，終因順乎天命，適應人心，獲得民衆的支援擁護，而大勝夏軍，將夏桀妹嬉，流放於南巢之地，加以誅殺。對於上述〈天問〉的問題，柳王二人的觀點，完全一致，只是王廷相的答詞，更爲明確有力而已。又如〈天問〉曰：

眩弟並淫，危害厥兄，何變化以作詐，後嗣而逢長？

柳宗元〈天對〉曰：

象不兄龔，而奮以謀，蓋聖孰凶怒，嗣用紹厥愛。

王廷相〈答天問〉曰：

象遇孝友之兄，故封庳而衍後，脱遇唐之太宗，久矣蹀巢刺之血矣，然則象顧不亦幸乎哉？

〈天問〉提到，大舜的弟弟象，是一個昏亂之人，他蠱惑父母，共同謀害大舜，屢次行凶，像這樣一個變化無常，奸詐險惡的人，爲什麼反而得到封爵賜祿，而子孫後代，綿延長久呢？對於這個問題，柳宗元認爲，象雖然行爲乖戾，不懂得尊敬兄長（龔同恭），屢次謀害大舜，但是，聖人大舜，卻是以友愛存心，那裏會因象的凶惡，而在胸中懷藏憤怒呢！他反而對象封地賜爵，使象的子孫後代，綿延不絕，這都是由於大舜的以愛存心哩。王廷相則認爲，象的行爲乖張，不過是幸運地遇到一位以孝友存心的兄長大舜而已，才能夠被賜封在庳地，繁衍其子孫後代，反之，如果象所遇到的，是一位像唐太宗李世民那樣的兄長，那麼，早已經發生那喋血五步的事件，遭受那如同建成元吉一般的下場了，總之，能遇到大舜爲兄，眞該是象的大幸哩！對於上述〈天問〉的問題，柳王二人的觀點，大略相似，只是，柳宗元是從大舜友愛的立場去解釋，而王廷相則是強調了象的幸運而已。又如〈天問〉曰：

天命反側，何罪何佑？齊桓九會，卒然殺身？

柳宗元〈天對〉曰：

天邈以蒙，人厶（疑當作么）以離，胡克合厥道，而詰彼尤違。桓號其大，任屬以傲，幸良以九合，逮孽而壞。

王廷相〈答天問〉曰：

《書》曰「作善降之百祥，作不善降之百殃」，可徵天道之無私，《詩》曰「靡不有初，鮮克有終」，可弔桓公之不純。

〈天問〉提到，天命禍福，反覆無常，它是根據什麼原則，對於人們去加以懲罰或加以佑護呢？就如齊桓公一樣，爲什麼他一時可以九合諸侯，威鎭天下，一時卻又猝然遇害而喪失生命，何以一人之身，或善或惡，有佑有罰呢？對於這些問題，柳宗元認爲，上天悠邈遙遠，難以測度，人們渺小微弱（么，小也），與天隔離，人間的災祥禍福，又怎能去附會上天的意旨，而責問上天的賞罰是否得當呢！至於齊桓公的例子，那是由於桓公自恃國家強盛，傲慢地對待群臣與屬下，他的九合諸侯，受人稱譽，只是由於幸運地得到良臣如管仲鮑叔的輔佐而已，他的猝然喪命，受人詬病，只是由於自身腐敗，又遇到奸臣如易牙豎刁的破壞而已。王廷相則認爲，《尚書》上曾經提到，「能爲善的人，上天一定會賜以祥福，爲不善的人，上天一定會降以禍殃」，從這些格言中，可以說明天命是大公無私，唯人所召的。《詩經》中也曾提到，「一個人的行爲，在艱難創業的初期，往往兢兢業業表現得十分良好，但是，功成名就之後，志得意滿之餘，卻往往忘記了小心謹慎，而終致一敗塗地，很少能夠善始善終」，從這些話語中，也可以說明齊桓公爲德不卒，不能有始有終的原因。對於上述〈天問〉的問題，柳王二人的觀點，相差較大，柳宗元以爲天命與人事無關，天只是邈遠的自然物罷了[17]，不能降福降禍於人，也不能對人們有所獎懲，因此，齊桓公的行爲，獲譽獲謗，得福得禍，也只是他個人心思行爲轉變的結果而已。王廷相則認爲，天命是無私的，人事雖由之於己，上天卻仍然有著懲惡獎善的力量存在。要之，對於上述〈天問〉的問題，柳宗元的回答，偏重於科學的觀點，王廷相的回答，則偏重於宗教的意味。又如〈天問〉曰：

> 武發殺殷何所悒？載尸集戰何所急？

柳宗元〈天對〉曰：

發殺曷逞，寒民于烹，惟栗厥文考，而虔子以徂征。

王廷相〈答天問〉曰：

事有幾會，緩而失期，謂智者乎？民苦倒懸，坐視不救，謂仁者乎？載主而行，冒雨而陣，武王之心，可以識矣。

〈天問〉提到，周武王（名發）想要誅殺商紂王，為什麼抑鬱不安而不能久忍呢？文王死後，武王以車載文王木主，伐商會戰，為何如此地急切呢？對於這兩個問題，柳宗元認為，武王伐紂，那裏是為了滿足一己的快意呢！實在是要解除商民的痛苦，拯民於水深火熱之中啊！至於以栗樹作為文王的木主，載以行軍，只是表示虔敬地秉承文王的遺志，去奉行天誅，為民除害而已。王廷相則認為，武王伐紂，所以不堪久忍，是因為良機不再，稍縱即逝，加以弔民伐罪，解救百姓倒懸之苦，又怎能牽延坐視呢！因此，伐紂之行，正是武王仁智兼備的表現哩！至於車載文王木主，隨軍以行，冒雨列陣出戰，也從而可以見出武王秉承文王遺命的虔敬之心哪！對於上述〈天問〉的問題，柳王二人的觀點，約略相近，只是，柳宗元的文字，較為艱澀，而王廷相的回答，明白曉暢，使人易於了解而已。

以上，是一些有關古代歷史的例子。

三、結　語

從以上的比較中，我們可以看出一些消息如下：

(一) 屈原撰作〈天問〉以後，兩千多年來，人們對於〈天問〉的研究，絕大多數，是採取疏釋章句文字要義的方式，很少有人嘗試著去解答〈天問〉中所提出來的問題[18]，柳宗元的〈天對〉與王廷相的〈答天問〉，總算是針對屈原心中的疑問，嘗試著去作出了一些較為全面性的解答，因此，屈原心中的問題，千載以後，才算是有了正面的「回響」。

(二) 〈天問〉中所提出的一些問題，可以視為是代表戰國時代，人們對於自然界與人文界所產生的某些疑問，從〈天對〉與〈答天問〉中，我們也可以見出唐人及明人，對於這些問題的一些看法，由是也可以比較一下，不同時代的人們，對於同樣的問題，所作的答案，究竟產生了多少進步的看法。

(三) 柳宗元的〈天對〉，在文字方面，有意模仿〈天問〉的體裁，多採用四言寫成，不免顯得古奧艱深；王廷相的〈答天問〉，在文字方面，自言「止求於意達，故其文不工」，所以文句長短，較為自由，意念表達，也較為明晰。

(四) 對於〈天問〉所提出的問題，柳宗元在〈天對〉中的看法，稍為偏重於科學的觀點，王廷相在〈答天問〉中的回答，稍微偏重於哲學的觀點。柳宗元雖然是一位著名的文學家，但是，他卻饒富科學精神，他在〈天說〉一文中曾經提到，「天地，大果蓏也，元氣，大癰痔也，陰陽，大草木也，其烏能賞功而罰禍乎」[19]，對於「天」的看法，極具科學意識，因此，對於〈天問〉中許多「天象」「地理」「神話」的疑問，他在〈天對〉中，也多數延用了〈天說〉的科學觀點，去作回答。另外，王廷相卻是明代著名的理學家，服膺橫渠之學，主張「氣外無性」[20]，因此，他的見解，偏重在哲學方面，也是很自然的事情。

(五) 王廷相不滿意柳宗元的〈天對〉，然後才有〈答天問〉之作，他在柳宗元已有的基礎上，既可以吸收柳說的長處，後出轉精，自應提出比較柳宗元更爲使人滿意的答案，方才適當，只是，我們從〈答天問〉中所看到的意見，眞能超越柳宗元觀點的地方，卻並不太多，尤其是在科學方面的觀點，似乎並沒有太多的進步，像「天象類」中有關日月與地球運行的事實，王廷相的認識，有些地方，還不如柳宗元的看法，更加接近眞相。畢竟，王廷相比柳宗元的時代，又晚了七八百年，在科學知識的進步方面，卻似乎仍然是在停滯不前。

(六) 柳宗元的〈天對〉與王廷相的〈答天問〉，在傳統上，並不是研究〈天問〉的「正軌」，但是，卻能對於〈天問〉的研究，突破了傳統的窠臼，開闢了一條嶄新的道路，也提供了不少新穎可喜的見解，確是值得研究《楚辭》的學者，去深加留意的作品。

(七) 屈原的〈天問〉，深富懷疑精神，構思奇崛，氣勢雄渾，不僅在文學史上，具有極高的價值，在哲學史與科學史上，也頗具地位，因此，柳宗元與王廷相二人的作品，針對〈天問〉所提到的問題，作出的解答，同樣也具有文學、哲學、科學等方面的參考意義。

(八) 屈原在〈天問〉中，一共提出了一百七十多個問題，如果綜合柳宗元與王廷相二人的解說，也許能將〈天問〉中的疑問，推尋出一些更爲適當的答案，此稿之作，重點僅在比較柳王二人見解的大略，對於全面解答〈天問〉中的疑問，只能俟諸於異日了。

附注

❶ 胡適〈讀楚辭〉一文，就曾主張：「〈天問〉文理不通，見解卑陋，全無文學價值，我們可斷定此篇為後人雜湊起來的。」文載《胡適文存》第二集卷一。

❷ 此據《四部叢刊》明覆宋刊洪興祖《補注》本。

❸ 此據藝文印書館景戴氏初稿本，民國四十五年十月印行。

❹ 見新文豐出版社所印行之《楚辭集釋》一書。

❺ 例如清人屈復，撰有《天問校正》一卷，以為〈天問〉錯簡甚多，乃分別為之更定，分全文為九段。而近人蘇雪林教授撰有《天問正簡》一書，對於〈天問〉錯簡的整理，更動尤多。

❻ 此據民國十九年上海太平洋書局排印本。

❼ 屈原生於楚宣王二十七年（當西元前三四三年），柳宗元生於唐代宗大曆八年（當西元七七三年），二人相距，適一〇一六年。

❽ 王廷相生於明憲宗成化十年（當西元一四七四年），上距柳宗元之生，差七〇一年。

❾ 黃氏之書已佚，僅序存《宋文鑑》卷九十二，此據姜亮夫《楚辭書目五種》所轉錄者。

❿ 此據民國六十三年十二月河洛圖書出版社景印初版。

⓫ 《千頃堂書目》著錄明人陳雅言所撰〈天對〉六篇，其書已佚，不能詳知內容。

⓬ 載楊氏《誠齋集》卷九十五，此據《四部叢刊》本。

⓭ 此據《四部叢刊》景明覆宋洪興祖《補注》本，下引並同。

⓮ 此據《四部叢刊》所收《註釋音辯唐柳先生集》本，下引並同。

⓯ 此據民國六十三年十二月河洛圖書出版社景印初版本，下引並同。

⓰ 柳宗元〈天對〉自注曰：「《山海經》，大澤千里，群鳥之所解。問作烏字，當為鳥，後人不知，因

配上句改爲烏也。」

⑰ 參柳宗元〈天說〉，載《柳先生集》卷十六。

⑱ 朱子《楚辭集注》、洪興祖《楚辭補注》、陳本禮《屈辭精義》等書，偶爾也曾試作解答，偶爾也引柳宗元〈天對〉，作爲解答的資料。

⑲ 同注⑰。

⑳ 詳見《明儒學案》卷五十，〈諸儒學案〉中四。

（此文曾刊載於國立中興大學《中文學報》第三期，民國七十九年一月出版）

柳宗元的「民本」思想

柳宗元不但是一位傑出的文學家，同時也是一位卓越的思想家，尤其是他的「民本」觀念，在我國的政治思想史上，也應佔有極其重要的地位。

我國的民本思想，萌芽甚早，《尙書・虞夏書・皐陶謨》曾說：

> 天聰明，自我民聰明，天明畏，自我民明畏。

在神權時代，人們以爲「天意」和「民意」是相通的，民衆是上天的代表，「天意」可以透過「民意」而作表達，因此，上天之所以能聽能明，是透過民衆的所聽所視而達成的，上天之所以有賞有罰，也是透過民衆的所褒所貶而施行的，民衆既然是天意的代表，在國家社會之中，自然居於重要的根本的地位。比〈皐陶謨〉稍晚，《尙書・周書・酒誥》記成王引古人之言也說：

> 人無於水監，當於民監。

也主張人君爲政，應該尊重民意，以民意爲鑑戒，以民衆爲根本，至於〈泰誓〉所說的「天視自我民視，天聽自我民聽」，〈五子之歌〉所說的「民爲邦本，本固邦寧」，更是強調了民衆在國家中所居的根本的地位，雖然，〈泰誓〉和〈五子之歌〉，只見於《僞古文尙書》

之中，不過，那兩段話，或許也另有所據，不盡全僞，像〈泰誓〉中的「天視自我民視，天聽自我民聽」，曾經被〈孟子〉書中指名引用，就是一個很明顯的例子。

古代民本的思想，一直到了孟子的時代，才發展得更加充實，《孟子・離婁上篇》曾說：

> 桀紂之失天下也，失其民也，失其民者，失其心也。得天下有道，得其民，斯得天下矣，得其民有道，得其心，斯得民矣。

政權的獲得，在能得民，在能得民之心，政權的喪失，在不能得民，在不能得民之心，因此，民心的向背，也就成爲政權轉移的關鍵，民衆也就自然成爲國家的根本和楨幹，因此，孟子才能據此而說出「民爲貴，社稷次之，君爲輕」❶的主張，也才能將民本之說，推展到更加明朗的境地。

孟子的「民本」之說，雖然是極爲可貴，但是，自從秦統一天下以後，專制政體形成，帝王們又創導「君尊臣卑」的說法，因此，「民本」的思想，自然受到了壓制，而未能伸張，一直到了明末清初，黃宗羲著《明夷待訪錄》，才提出了「天下爲主，君爲客」❷的主張，以爲天下國家，萬民爲主，君王爲客，以爲「天下之大，非一人所能治，而分治之以羣工」❸，所以，「臣之與君，名異而實同」❹，是以君子之出仕，是「爲天下，非爲君也，爲萬民，非爲一姓也」❺，故以爲「天下之治亂，不在一姓之興亡，而在萬民之憂樂」❻，直到此時，孟子「民貴君輕」的思想，方才得以發揚光大，以至於清代末葉，國民革命興起，推翻專制政權，歷史上的「民本」理論，才進而一變爲「民主」的實行了，不過，從孟子以下，直到明末的黃宗羲，兩千年間，雖然是在帝王專制之下，難道都沒有任何「民本」思想的繼承和發展嗎？却又不然，柳宗元就是一個能承繼孟子「民本」思想的重要學者。

柳宗元生於唐代宗大曆八年，當西元七七三年，上距孟子之生，約一千年（孟子生於西元前三七二年），他在〈送薛存義之任序〉一文中說：

凡吏於土者，若知其職乎？蓋民之役，非以役民而已也。❼

柳宗元在此文中，首先提出地方官吏的職責問題，他以爲，官吏是替民衆工作的僕役，却並非役使民衆，高高在上的主人，所以他說官吏是「民之役」，而「非以役民」的，這一觀點，也自然含有民衆是「主」，官吏是「客」的意義。〈送薛存義之任序〉又說：

凡民之食於土者，出其什一，傭乎吏，吏司平於我也。

接著，柳宗元又譬喻說，官吏的職責，就如同羣居在一起的民衆，因爲各人忙於自己的家事，而無法兼顧到各家相關的公務，甚至於彼此各家之間，偶爾發生了糾紛交涉，也缺少適當的人出面公平調解，因此，每家的民衆，各自捐出了自己十分之一的收入，共同僱請了一位公共的管理員，讓他來替人們管理各家共同的公務，必要時也可以請他作爲調解糾紛的中介人員，這種由各家共同出錢合資僱請的「吏」，實際上也就相當於是各家的「公僕」了，這一「公僕」觀念的提出，在「民本」思想發展的歷程上，確實具有深長的意義。另外，柳宗元在序文中也提出了「出其什一」的「傭吏」辦法，雖然，「什一之稅」，是「天下之通法」

[8]，同時，別的書上，也曾經加以提到[9]，但是，「夏后氏五十而貢，殷人七十而助，周人百畝而徹，其實皆什一也」[10]，却是〈孟子〉書中敍述得最爲詳明，柳宗元的「公僕」觀念，多少曾經受到孟子「民貴君輕」的影響，這裏的「出其什一」，也不失爲是一個很好的佐證。〈送薛存義之任序〉又說：

今我受其直，怠其事者，天下皆然，豈唯怠之，又從而盜之。

受人僱傭的「公僕」，「受其直（同値），怠其事」，接受了民衆的物質報酬，却懈怠了分內應做的工作，已經到了「天下皆然」的嚴重地步，不但懈怠工作，進而且監守自盜，竊取了「主人」家中的大宗財物，那眞是令主人們忍無可忍的事情。〈送薛存義之任序〉又說：

向使傭一夫於家，受若直，怠若事，又盜若貨器，則必甚怒而黜罰之矣，以今天下多類此而民莫敢肆其怒與黜罰，何哉？勢不同也。

柳宗元又舉例說，任何一個家庭的主人，假如僱請了一位僕人到家中工作，而那位僕人，接受了金錢報酬，却又懈怠偷懶，不願工作，同時，不但工作偷懶，且又偷竊主人家中的財寶，那麼，這一家庭的主人，一定會因此而震怒而加以懲罰，甚至加以斥退解僱，但是，類似於這種情形，危害民衆的「公僕」（官吏），已經是「天下皆然」了，而天下的民衆百姓，却爲什麼不敢加以懲罰而予以斥退解僱呢？當然，這是由於情勢不同，因爲「官吏」和「傭夫」「公僕」之間，畢竟是有點不同的。〈送薛存義之任序〉又說：

勢不同而理同，如吾民何，有達於理者，得不恐而畏乎？

柳宗元却認爲，「官吏」和「公僕」「傭夫」，雖然是情勢不同，但是，彼此所具備的道理却是相同的，因爲，官吏們的薪俸，直接雖然得之於君王，間接卻是得之於民衆所交的賦稅，這與民衆僱傭公僕，又有什麼不同呢！因此，民衆雖然在「官吏」們的「受若直，怠若事，又盜若貨器」的情況下，無可如何，但是，如果有眞正了解上述道理的民衆，他們在心裏又將是作如何的想法呢？如果有深切通達上述道理的「官吏」和「公僕」，他們在內心又將是如何地感受到畏懼與愧疚的衝激呢？雖然，柳宗元在帝王專制的唐代，還不敢將「公僕」的意義，擴大到「天子」的範圍，但是，「官吏」就是「公僕」，這一命題，就古代中唐帝王專制時代而言，已經是令人乍舌不已，十分難能而可貴了⓫。

林琴南批評柳氏此文說：「一段名言，實漢唐宋明諸老師所未能跂及者。」⓬章行嚴也以爲，柳宗元此文中所說的「以今天下多類此」至「勢不同也」等句，「等於暗示革命，而爲勢所扼，義師不可得起」，而柳文中所說的「如吾民何」等四句，則「不啻長言而詠歎之也」⓭，章氏的解釋，雖然稍嫌過激，但是，自孟子以下，至於明末的黃宗羲，在這悠長的兩千年中，只有柳宗元的「民本」思想，才眞正能夠上繼孟子，下啓梨洲，而居中起着承傳宏揚的樞紐作用。因此，在我國的政治思想史上，確實也應當佔有重要的地位，這是無可置疑的事實⓮。

附注

❶ 見《孟子・盡心下篇》。
❷ 見《明夷待訪錄・原君》。
❸ 見《明夷待訪錄・原臣》。
❹ 同注❸。
❺ 同注❸。
❻ 同注❸。
❼ 見《柳河東全集》卷二十三，此據民國六十三年十二月河洛出版社景印初版。
❽ 此見《論語・顏淵篇》集解引鄭康成語。
❾ 《論語・顏淵》：「哀公問於有若曰，年饑，用不足，如之何，有若對曰，盍徹乎。」《公羊傳》宣公十五年：「古者什一而藉。」又：「什一者，天下之中正也。」
❿ 見《孟子・滕文公上篇》。
⓫ 柳宗元〈送寧國范明府詩序〉說：「夫爲吏者人役也，役於人而食其力，可無報耶。」所持觀點，與〈送薛存義之任序〉中所說的相同，文載《柳河東全集》卷二十二。
⓬ 見《韓柳文研究法》，此據民國五十三年一月廣文書局初版本。
⓭ 見《柳文指要》，此據民國七十年三月華正書局初版本。
⓮ 〈送薛存義之任序〉，柳氏作於永州，也許，宗元當時遭受貶謫，又多見民間疾苦，才影響到他對民衆與官吏的看法，從而也堅定了他的「民本」思想。

（此文曾刊載於《孔孟月刊》二十六卷四期，民國七十六年十二月出版）

柳宗元與韓愈的愛民仁政

唐朝憲宗元和十年（西元八一五年）三月，柳宗元奉詔出任柳州刺史。六月，柳宗元抵達柳州（在今廣西省馬平縣）。他在柳州四年多的刺史任內，銳意改革，政績卓著。其中，嘉惠於地方百姓最爲深遠切實的，要算是解救奴隸、革新風俗的措施了。

在地理上，柳州不但是一個位處於邊遠的地區，在唐朝時，柳州也是一個極爲貧窮的地方。當地的民衆，由於生活艱苦，貧困無法，有些人甚至將他自己親生的子女，也作爲抵押的人質；而以自己子女的工作勞力，來向富有人家貸取錢財。等到時間既久，約期已到，如果仍然無法償還債務時，那些作爲抵押的子女，便只好淪爲富家的奴隸，永遠不能贖回，也永遠失去了自由。這種情形，在柳州行之已經既久且廣，已經逐漸形成爲一種風俗，成爲分隔父母子女、離散人倫親情的一種陋規惡習。

柳宗元抵達柳州之後，了解到這種醜惡的風俗，立刻加以改革。他依據當時市面上一般勞力價格的標準，去計算被抵押者應當得到的工資。如果所應得到的工資，總數已經與他的父母借貸的金錢相當，加上合理的利息之後，便認爲是已經償清了借貸的款項，從此兩無糾葛。原先作爲抵押品的子女，從此也就可以獲得自由的身分，返回家園，與父母親人團聚了。如果計算起來，工資還沒有到達能償還借款的數目，則其子女可以暫且繼續工作；等到工資累積達到足夠的數目時，也就可以償清債務，獲得自由而後返家了。

柳宗元的這一「計傭折值」的償債辦法，確實使得許多破碎的家庭得以重新團聚，使得許多父母子女恢復了天倫的樂趣。對於那些萬分無奈而致借貸錢財抵押子女的貧苦民衆而言，柳宗元的這一措施，確實可以算是無比重要的德政。韓愈在〈柳州羅池廟碑〉中曾經記錄此事說：

先時民貧，以男女相質；久不得贖，盡沒為隸。我侯之至，按國之故，以傭除本，悉奪歸之。

又在〈柳子厚墓誌銘〉中記載說：

其俗：以男女質錢。約時不贖，子本相侔，則沒為奴婢。子厚與設方計，悉令贖歸。其尤貧，力不能者，令書其傭；足相當，則使歸其質。觀察使下其法於他州，比一歲，免而歸者且千人。

都敍述了柳宗元在柳州所倡導實行的那一種贖歸奴婢的方法。這種方法，不但柳宗元在柳州施行，卓然有成；同時，由於辦法完善，用意良佳，其他州郡也有仿效而實行的。其中仿行最力的，就是柳宗元的摯友韓愈。

憲宗元和十四年（八一九），韓愈因向皇帝諫迎佛骨事，竟被貶謫爲潮州刺史。韓愈到達潮州（在今廣東省海陽縣）之後，發現潮州地方也有抵押子女爲奴的風俗，於是，他模仿柳宗元在柳州推行的措施，也同樣以「計傭折值」的方法，去改革潮州地方的陋習，皇甫湜在〈韓文公神道碑〉中曾經記載說：

> 貶潮州刺史……。掠賣之口，計庸免之。未相計值，輒與錢贖。及還，著之赦令。

就是指韓愈在潮州推行解救奴隸的措施，同時，韓愈不但在潮州實行了「計傭折值」的辦法，嘉惠百姓，而且，當次年（元和十五年），他奉詔轉往袁州（在今江西省宜春縣）擔任刺史之後，他仍然「治袁州如潮」，繼續推行這個解救奴隸的工作，李翺在〈韓文公行狀〉中曾經說到：

> 貶潮州刺史，移袁州刺史，百姓以男女為人隸者，公皆計傭以償其值，而出歸之。

也是敍述韓愈在袁州刺史任內所實行「計傭折值」的辦法，以造福民衆的事實。

憲宗元和十五年（八二〇）九月，韓愈改任國子祭酒，稍後，憲宗皇帝崩駕，穆宗即位，改元長慶，大赦天下，韓愈乃上〈應所在典帖良人男女等狀〉，建議天子，赦免天下各州被典押的奴隸，他說：

> 臣往任袁州刺史日，檢責州界內，得七百三十一人，並是良人男女，準律計傭折值，一時放免。原其本末，或因水旱不熟，或因公私債負，遂相典帖，漸以成風。名目雖殊，奴婢不別，鞭笞役使，至死乃休，既乖律文，實虧政理。袁州至小，尚有七百餘人，天下諸州，其數固當不少。今因大慶，伏乞令有司，重舉舊章，一皆放免。仍勒

長史，嚴加檢責，如有隱漏，必重科懲，則四海蒼生，孰不感荷聖德！

抵押自己的子女，去充作他人的奴婢，以借貸錢財，來償付債務的情形，在唐朝當時，比較貧困的州縣，恐怕也是率多有之。而其原因，或者是由於天旱水災，年穀不熟；或者是因爲繳交賦稅，私人借貸，及至無力償還，抵押子女的風氣，便逐漸形成。而貧家子女，一旦身爲奴婢，遭遇困苦，屢受凌虐，黑暗生活，永無寧日。這種情形，「天下諸州，其數固當不少」，因此，韓愈認爲：這種現象，既是「既乖律文，實虧政理」；也是天理人情以及律法行政都不能夠稍加容忍的事實。因此，他希望天子，「今因大慶」，「一皆放免」，以加恩於全天下的百姓蒼生。

柳宗元在柳州所倡行的這種解救奴隸的方法，不但使得柳州的百姓受益匪淺，感激在心，同時，「觀察使下其法於他州，比一歲，免而歸者且千人」。可見當時天下各地這種抵押子女的陋習，確實已經不在少數。而實行解救之始，一年之間，放免返家，恢復自由之身的男女，已及千人。這也可以看出柳宗元所倡行的那種「計傭折值」的方法，確是效果良佳。加以韓愈的賡續推行，擴大範圍，可以想見，柳、韓二人，在推行此一愛民的措施時，確實已爲百姓們帶來了極大的益處。因此，在新舊《唐書》的〈柳宗元傳〉與〈韓愈傳〉中，史官們對於柳韓二人倡導推行這種仁政的事件，也都作出了忠實的記錄與肯定的評價。

柳宗元和韓愈二人，不但是傑出的文學家，同時，也是卓越的政治家。他們在推行政治的措施上，都充分表露了勤政愛民的胸襟，展現了人性中光輝燦爛的一面。在過往的歷史上，實在是一種難能可貴的行爲，值得人們去特別加以表彰的。

柳宗元〈潭州東池戴氏堂記〉的寫作技巧

唐德宗興元元年，柳宗元十二歲時，與楊憑之女訂婚，德宗貞元十二年，宗元二十四歲時，娶楊憑之女爲妻，貞元十五年，楊氏卒，順宗永貞元年，宗元三十三歲，遭遇王韋政爭的牽連，九月，貶爲邵州刺史，已在赴任途中，再貶爲永州司馬，十一月，前往永州，路經潭州（今湖南長沙）時，拜見妻父楊憑，時楊憑任潭州刺史，經已三年，宗元遂有〈潭州東池戴氏堂記〉之作，此記首段說道：

> 弘農公刺潭三年，因東泉為池，環之九里，丘陵林麓距其涯，坻島洲渚交其中，其岸之突而出者，水縈之若玦焉，池之勝，於是為最。

楊憑籍隸山西弘農，故此文以「弘農公」相稱，楊憑爲刺史三年之後，藉著東泉的水源，掘而廣之，濬而深之，建成一所環池九里的人工大池，立於池邊觀望，則遠處有茂密的灌木叢林，小丘山陵，近處有大小不同、星羅棋布於水中的島嶼，池面略近圓狀，而岸上有類似半島者，突出於池水之中，此半島三面環水縈繞，居高而望，半島居中，水光映天，恍若玉玦之有缺口，要之，東池景物優勝，必以此半島之地，最稱佳妙，首段之中，宗元先敘述了爲池的原因，再敘述了東池周圍的景觀，而歸結於「池之勝，於是爲最」。此記第二段說道：

公曰：「是非離世樂道者，不宜有此。」卒授賓客之選者。

楊憑建造東池半島一帶佳美的風景，其主要的目的，是想推舉學識道德俱優的高尚之士，居住此處，以作爲衆人效法的表率，以作爲移風易俗的動力，因此，他提出了「離世」與「樂道」兩個條件，作爲推擧賢士的準則，根據這兩個條件，他終於甄擇了適當的人選，此一人選，便是譙國郡的賢士戴簡。此記第三段說道：

譙國戴氏曰簡，為堂而居之，堂成，而勝益奇，望之，若連艫縻艦，與波上下，就之，顛倒萬物，遼廓眇忽，樹之松柏杉櫧，被之菱芡芙蕖，鬱然而陰，粲然而榮，凡觀望浮游之美，專於戴氏矣。

東池景物之美，集中在半島一帶，半島之上，新構一堂，供戴簡居住，堂成之後，景物尤增勝境，從池邊遠望，則水中半島，若艨艟巨艦，緜延相接，在波光粼粼水天相映之中，恍如隨波上下，漫然起伏波動，從池邊逼視，則半島上的廳堂山丘，叢林茂樹，都顚倒投影在波光水色之中，加上天空的倒影，更顯得池水之中，別有天地，而遼濶無際，幽遠深邃，同時，島上的樹木，如松柏杉櫧之類，倒影水中，與散布水中的菱角荷花，交錯糾纏，恍如菱角荷花，都披掛在樹枝綠葉之上，蔚爲奇觀。如乘小舟，航行於半島之側，則島上樹木，有時茂密成蔭，蔽遮陽光，有時疏落稀鬆，陽光直射，因此，舟行其間，光線的粲然或鬱然，明亮或幽暗，不同的景象，變化多端，在這一段文章中，柳宗元對於戴氏堂附近的景致，無論是靜態的，或是動態的，描繪得都十分生動而傳神。此記第四段說道：

戴氏嘗以文行累為連率所賓禮，貢之澤宮，而志不願仕，與人交，取其退讓，受諸侯之寵，不以自大，其離世歟！好孔氏之書，旁及莊文，莫不總統，以至虛為極，得受益之道，其樂道歟！賢者之舉也必以類，當弘農公之選，而專茲地之勝，豈易得哉！

戴簡有高尚的節操，雖然屢次爲方面大員所推薦，卻志不願仕，與人相交，謙虛自持，受諸侯所尊崇，卻了無驕傲之色，戴簡又擁有充實的學識，他篤愛儒學之書，也兼及道家之言，能泛觀博取，以謙虛存心，故能多受學問之益，在此段中，柳宗元提出了戴簡確實能夠具備了「離世」與「樂道」的條件，在文章寫作的技巧上，也以「離世」「樂道」兩事，分別與上文中的「離世」「樂道」兩個綱領，相互呼應，以證明戴簡確是才德俱佳的賢士，此文撰寫至此，給予讀者的印象，則是戴簡當屬全文的重心，當屬柳宗元所刻意表彰的主角了，但是，柳宗元在敍述了戴簡的「離世」「樂道」之後，也在肯定了戴簡的賢士身份之後，卻突然跳接了一句「賢者之舉也必以類」，利用了一個「類」字，而將此文的重心主角，由戴簡而立即轉移到楊憑的身上，因爲，物以類聚，觀其友而知其人，反之，觀其人也可以知其友，君子與君子爲朋，小人與小人爲朋，故以戴簡之爲賢士，則與其相爲「類」的楊憑，也是賢士，當是肯定的事實，同時，戴簡雖賢，卻是由楊憑所推舉而來，則楊憑必有知人之明，因此，戴簡如果是才德兼備的「千里馬」，則楊憑當是拔識千里馬的「伯樂」，「世有伯樂，然後有千里馬」，則楊憑的難能可貴，尤在於戴簡之上了。此文第五段說道：

地雖勝，得人焉而居之，則山若增而高，水若闢而廣，堂不待飾而已奐矣，戴氏以泉池為宅居，以雲物為朋徒，攄幽發粹，日與之娱，則行宜益高，文宜益峻，道宜益懋，交相贊者也，既碩其內，又揚於時，吾懼其離世之志不果矣。

東池新堂附近的山水景物，雖然優美，但是，再加上道德學養俱佳的賢士，前往居住，則山勢似乎越發顯得高峻，水面也似乎越發顯得寬廣，廳堂不待修飾，即已格外顯出它美輪美奐的特色了，這也就像世俗所說的「人傑地靈」一般，由於人物傑出的關係，而使得其地的風光景色，格外顯得佳勝，人傑而使得地更靈了。另外，戴簡的道德學問，雖然都極爲高超，但是，自從他遷居到東池之後，藉著山泉水池的滌盪心懷，白雲景物的開濶胸襟，潛移默化，以至於德行越發高超，文章越發雋秀，學識越發豐實，這也就像世俗所說的「地靈人傑」一般，由於地域清靈的關係，而使得其人的內外修養，格外顯得高貴，地靈而使得人更傑了。因此，山水得人而益增其勝，賢人得山水而益增其清，山水之與人物，是交互影響，相得而益彰的，「既碩其內，又揚於時」，正是「懼其離世之志不果」的原因，也正是點明了楊憑的知人識人，爲國育才的可貴行徑，無愧爲能識千里馬的伯樂啊！此文的第六段說道：

君子謂弘農公刺潭得其政，為東池得其勝，授之得其人，豈非動而時中者歟！於戴氏堂也，見公之德，不可以不記。

此文之末，才正式點明了楊憑在潭州的政績，點明了楊憑修建東池及戴氏堂的貢獻，點明了楊憑能夠深識賢士的卓越見解，也更點明了此文的眞正主角，是楊憑而非戴簡，前文之所以使用了大量的篇幅，去敍述戴簡的賢明，實際只是用以襯托出楊憑的更爲賢明而已，故總結以「於戴氏堂也，見公之德，不可以不記」。林雲銘在《古文析義》中評論此文時說：「看來寫東池、寫堂、寫戴氏處，總是借此寫弘農公也，開口說弘農公刺潭爲池，授戴氏爲堂，其意以爲若無公即無池，且無堂，併無戴氏矣。中寫戴氏得公之選，先言賢者之擧必以類，則戴氏之賢，正公之賢也。末段出刺潭得其政句，因以得勝得人爲公之德，不可不記，是全本歸到公身上，則記耑爲公作，於此可見。」林氏的評論，對於人們了解此記的寫作技巧，是極有幫助的。

總之，楊憑是柳宗元的岳父，柳宗元貶往永州，經過潭州，而寫此記，目的確在讚頌楊憑的政績，爲了避免諂諛的嫌疑，爲了避免過分的推挹，柳宗元於是藉著戴簡，作爲陪襯，而達到頌揚楊憑政績的目的，他的謀篇布局，寫作技巧，是十分值得我們去體會的。

柳宗元〈永州龍興寺西軒記〉疏釋

唐順宗永貞元年（西元八〇五年），柳宗元三十三歲之時，因參與王叔文韋執誼的政黨事件，遭貶爲永州司馬，十二月，到達永州（今湖南零陵縣），暫居於龍興寺中，次年，撰〈永州龍興寺西軒記〉（以下簡稱〈西軒記〉），以記其事，〈西軒記〉說：

> 永貞年，余名在黨人，不容於尚書省，出為邵州，道貶永州司馬，至，則無以為居，居龍興寺西序之下。❶

永貞元年九月，柳宗元貶爲邵州（今湖南寶慶縣）刺史，已在赴任途中，十一月，適經江陵，又再貶爲永州司馬，宗元聞訊，因而轉赴永州，十二月，抵達永州，因官卑位低，永州貧困，初至之時，竟無喬舍可居，而需借居在寺廟之中，則柳宗元的心情，可以想知，〈西軒記〉又說：

> 余知釋氏之道且久，固所願也，然余所庇之屋甚隱蔽，其戶北向，居昧昧也，寺之居，於是州為高，西序之西，屬當大江之流，江之外，山谷林麓甚衆，於是鑿西墉以為戶，戶之外為軒，以臨羣木之杪，無所不矚焉。

柳宗元早在幼年時期，就已與佛教接觸，他在〈送巽上人赴中丞叔父召序〉中曾說：「吾自幼好佛。」❷可以爲證，因此，在〈西軒記〉中，他所說的「余知釋氏之道且久」，自然是可信的事實，不過，當他初抵永州，無屋可居，而需暫時居住在寺廟中的情況下，雖然說是「固所願也」，可是，心中畢竟也不免有幾分悄然的感覺，龍興寺在永州近郊高山之上，當屬較具規模的寺廟，正殿之外，還有東西側廂，有禪堂講堂之設，「登高殿，可以望南極，闢大門，可以瞰湘流」❸，柳宗元借居在寺廟的西廂之中，因門戶向北，光線幽暗，而西廂以西，正當大江流經其處，江流之外，遍佈丘山谿谷，茂樹成林，景物優美，陽光普照，觀察到這種景致之後，柳宗元於是命人在居室的西牆之上，另鑿門戶，開闢光源，門戶之外，別建軒欄，站立在軒欄之旁，居高臨下，既可以手觸林木的樹梢，又可以遠眺大江兩岸的無限風景，因此，居室之內，席几未遷，陳設依舊，却可以因此得睹戶外的大千世界，諸番景觀，〈西軒記〉又說：

> 夫室，嚮者之室也，席與几，嚮者之處也，嚮也昧，而今也顯，豈異物耶！因悟夫佛之道，可以轉惑見為真智，卽羣迷為正覺，捨大闇為光明，夫性，豈異物耶！孰能為余鑿大昏之墉，闢靈照之戶，廣應物之軒者，吾將與為徒。

居室仍爲以前之居室，席几仍在原來的處所，而往日的幽暗晦昧，却轉變爲今天的光芒普照，這種變化，又豈不是由於居室物體改造而形成的嗎！由於幽昧顯敞的不同，不禁使他聯想到，佛教釋理，同樣可以將人間的疑惑之見，轉變成爲眞實的大智大慧，將人間的迷離之言，轉變成爲無上的正等正覺，將人間的無邊黑暗，轉變成爲永恆的燦爛光輝，這種變化，豈不是因爲人心的遷改而形成的嗎！因此，居室的明暗可以由戶墉的開鑿而改變，人心的顯昧可以由佛理的體悟而改變，因此，柳宗元在此段之末，也就引出了此文的主旨，希望有人能夠爲他「鑿大昏之墉，闢靈照之戶，廣應物之軒」，只是，此處的「墉」、「戶」、「軒」，既是「西序」中具體事物的「墉、戶、軒」，也同時是人們心靈上無形抽象的「墉、戶、軒」，柳宗元既然已經開闢了有形的「墉、戶、軒」，爲自己的居室帶來了光明，當然，也更希望能夠在自己的心靈上，開闢無形的「墉、戶、軒」，以便能夠由惑轉智，由迷轉覺，由闇轉明，以開拓自己精神生命的新領域。

〈西軒記〉在文章開始之時，就曾經提到「永貞年」，這種寫法，在柳宗元的其他文章之中，都不曾見到過，這與永貞年間，「八司馬」事件之後，柳宗元劉禹錫二人，經過江陵途中，與韓愈相晤，韓愈爲之撰作「永貞行」一詩，以紀其事，是同樣有著「紀實」的重要意義存在，章士釗在《柳文指要》中評論此文說：「本篇以永貞年開始，夫永貞者何？即順宗踐祚之新年號也，此一短短年號內，凡子厚由勤政而遠貶，俱於篇中和盤托出，可算全集獨一無二時代性文字。」章氏的見解，是十分正確的，因爲，柳宗元早年胸懷大志，「以興堯舜孔子之道，利安元元爲務」[4]，可是，永貞年的政變，却使得他的雄心抱負化爲泡影，因此，他不免在文章中希望去烙印下這一年代的痛苦之意與屈辱之情，因此，「永貞年」三字，用在此文的開始之初，絕對不是沒有深意存在的。

另外，柳宗元從長安那樣的通都大邑，被貶謫到「郊環萬山」[5]，恍如孤囚的永州地方，加以常生「痞疾」[6]，情緒低落，因此，藉著居位在龍興寺的機會，他多次聆聽佛法，多所接近有道的僧人，想藉著佛理，去改變自己內心鬱積的情緒，也是人情之常的事實，因此，他才希望在心靈上能夠「鑿大昏之墉，闢靈照之戶，廣應物之軒」，像「西軒」經過改造一般，同樣也能夠「而得大觀」，以致由幽昧的情緒中，能夠走向心靈上的顯敞。〈西軒記〉又說：

遂書為二，其一志諸戶外，其一以貽巽上人焉。

重巽是龍興寺的住持，柳宗元在永州，稍後有〈送巽上人赴中丞叔父召序〉一文，曾經說道：「凡世之善言佛者，於吳則惠誠師，荊則海雲師，楚之南則重巽師。」又說：「吾自幼好佛，求其道，積三十年，世之言者，罕能通其說，於零陵，吾獨有得焉。」在〈永州龍興寺修淨土院記〉一文中，也曾說道：「上人者，修最上乘，解第一義，無體空折色之跡，而造乎眞源，通假有借無之名，而入於實相，境與智合，事與理幷。」可見重巽確是有道的高僧，柳宗元在永州時，還曾有〈巽公院五詠〉的詩作，分別歌詠龍興寺中的「淨土堂」、「曲講堂」、「禪堂」、「芙蓉亭」、「苦竹橋」❼，又作有〈巽上人以竹間自採新茶見贈酬之以詩〉，可見兩人交往的密切，柳宗元必然曾從重巽上人處，獲知不少的佛理，也必然從重巽上人處，得到不少心靈上的紓解與慰藉，〈西軒記〉完成之後，書寫兩通，一則貼於西序戶外，一則貽贈重巽上人，想來也自有其紀實與感激的雙重意義存在吧！

〈永州龍興寺西軒記〉一文，可能是柳宗元抵達永州之後，最早撰寫的一篇作品，文中記述了柳宗元初抵永州時的生活情況，具有知人論世的重要價值，而文章又清逸可誦，因此加以疏釋如上，聊供參稽之用。

附注

❶ 見《柳河東集》卷二十八，此據河洛出版社景印本，下引並同。

❷ 見《柳河東集》卷二十五。

❸ 見柳宗元〈永州龍興寺東丘記〉，載《柳河東集》卷二十八。

❹ 見柳宗元〈寄許京兆孟容書〉，載《柳河東集》卷三十。

❺ 見柳宗元〈囚山賦〉，載《柳河東集》卷二。

❻ 見柳宗元〈與李翰林建書〉，載《柳河東集》卷三十。

❼ 見《柳河東集》卷四十三。

柳宗元〈永州法華寺新作西亭記〉的結構及寓意

〈永州法華寺新作西亭記〉一文，在柳宗元的山水遊記之中，是一篇結構特殊，寓意頗深的作品，值得加以探索。

柳宗元在〈始得西山宴遊記〉一文之末，曾經說明，該記作於「元和四年」，該記之中，也曾說過：「今年九月二十八日，因坐法華西亭，望西山，始指異之。」因此，〈永州法華寺新作西亭記〉一文的撰寫時間，必當早於〈始得西山宴遊記〉以前，是可以肯定的，文安禮的《柳子年譜》，將此記繫於憲宗元和四年，年代未免太晚，羅聯添教授據柳宗元〈法華寺西亭夜飲賦詩序〉中所說：「余既謫永州，以法華浮圖之西，臨陂池丘陵，大江連山，其高可以上，其遠可以望，遂伐木爲亭，以臨風雨，觀物初。」又說：「間歲，元克己由柱下史亦謫焉而來。」又據柳宗元〈鉧鈷潭西小丘記〉中所說：「李深源元克己時同遊。」斷定柳宗元〈永州法華寺新作西亭記〉一文，是在元和二年時所撰，應當是可以採信的❶，此文撰寫的時間確定之後，進一步，才易於探討此文中所蘊涵的意義，〈永州法華寺新作西亭記〉（以下簡稱〈西亭記〉）說：

> 法華寺居永州，地最高，有僧曰覺照，照居寺西廡下，廡之外，有大竹數萬，又其外，山形下絶，然而薪蒸篠簜，蒙雜擁蔽，吾意伐而除之，必將有見焉。❷

此記說法華寺在永州境內，「地最高」，《柳河東集》卷四十三〈構法華寺西亭詩〉也說：「竄身楚南極，山水窮險艱，步登最高寺，蕭散任疏頑。」可知法華寺在永州一帶，確是位置最爲高峻的寺廟，但是，此記在「地最高」之下，接著就引出了「有僧曰覺照，照居寺西廡下」，不像〈永州龍興寺西軒記〉，直到文末，才引出僧人重巽，明顯地突出了覺照在此記中的重要地位，「廡之外」以下，寫山形下絕，寫大竹數萬，擁蔽視線，用以引起伐而除之的意念。〈西亭記〉又說：

照謂余曰：「是其下有陂池芙蕖，申以湘水之流，衆山之會，果去是，其見遠矣。」

柳宗元既然興起伐除大竹的意念，却又再度引述覺照的言語，自然也是加重了覺照在此文中的主導意義。〈西亭記〉又說：

遂命僕人持刀斧，羣而翦焉，叢莽下頹，萬類皆出，曠焉茫焉，天為之益高，地為之加闢，丘陵山谷之峻，江湖池澤之大，咸若有增廣之者，夫其地之奇，必以遺乎後，不可曠也。

〈西亭記〉從開始至此段，在整篇文章的前半幅中，都着重在描寫景物，「法華寺居永州地最高」，是寫景，「大竹數萬」，「山形下絕」，「薪蒸篠簜，蒙雜擁蔽」，是寫景，「陂池芙蕖」，「湘水之流，衆山之會」，也是寫景，「叢莽下頹，萬類皆出，曠焉茫焉，天爲之益高，地爲之加闢，丘陵山谷之峻，江湖池澤之大」，也更是寫景，法華寺西廡以外，景物之奇，由先前的「蒙雜擁蔽」，到「羣而翦焉」以後，「萬類皆出」的新境地，方才引出了「其地之奇，必以遺乎後」，也正好印證了「不可曠也」的道理。〈西亭記〉又說：

> 余時謫為州司馬，官外常員而心得無事，乃取官之祿秩，以為其亭，其高且廣，蓋方丈者二焉。

「西亭」之大，其高且廣，不過「方丈者二焉」，但是，它綰領著附近的山水景觀，關係於外物與內心的影響，却不在小，此記中的「西亭」，與〈永州龍興寺西軒記〉中的「西軒」，在兩篇記中，可以說，都是文章的結穴重心所在，都是畫龍點睛時的「睛」之所在，而從「睛」處所見到的，却是涵蓋萬象，蘊蓄不盡。〈西亭記〉又說：

> 或異照之居於斯，而不蚤為是也，余謂，昔之上人者，不起宴坐，足以觀於空色之實，而游乎物之終始，其照也逾寂，其覺也逾有，然則嚮之礙之者，為果礙耶？今之闢之者，為果闢耶？彼所謂覺而照者，吾詎知其不由是道也，豈若吾族之挈挈於通塞有無之方以自狹耶！

此記的後兩段，從「余時謫爲州司馬」以下，則是着重在寫意，着重在議論的抒發，並由「或異照之居於斯，而不蚤爲是」入手，訝異覺照既是有道的高僧，能夠得知「果去是，其見遠矣」，却何以不早爲之伐除大竹，而必待之於柳宗元的命令僕人，「羣而翦焉」呢？柳宗元的解釋是，眞正有道的高僧上人，安坐不起，也足以觀察到空有萬象的眞情實況，而能神遊於萬象之表，了解到萬物變化的本末終始，因此，他的明照萬象，格外顯得靜寂，他的悟覺萬理，也格外顯得眞實，從這個角度去察看，則西廡外早先原有的大竹數萬，對於覺照上人所造成的障礙，其實又何嘗眞能有所障蔽呢！大竹翦伐以後，眼前開闢的景象，對於覺照上人而言，眞實的通闢，又何嘗需要有形的開濶呢！因爲，眞正得道的高僧，他的覺與照，豈不正是由於那種以心靈去明覺，以智慧去觀照的超越的途轍，又何嘗必須爲世俗之人所解悟呢？又何嘗需要像一般世俗之人，去硜硜於受到通塞有無之間的狹隘徑途所限制呢？有道的高僧，與平凡的俗人，其間的差異，本來就不能以道里相計算的啊！

〈西亭記〉一文，不僅是前半幅寫「景」，後半幅寫「意」，其實，在前半幅的寫景之中，即已蘊含了「意」的成份在內，在後半幅的寫意之中，也已蘊含了「景」的成份在內。

當元和二年時，柳宗元抵達永州，還不太久，他處境惡劣，心情抑鬱，在下意識裏，他自然希望能夠改變環境，改變心情，重回京城，重展抱負，因此，這種希望，也自然有意無意地表現在作品之中，在〈西亭記〉前半幅的寫景之中，像「萬類出焉」，「天爲之益高，地爲之加闢」，豈不正是表示柳宗元所希望的，由於外境的改變，而導致於心情的改變嗎？像「其地之奇，必以遺乎後，不可曠也」，豈不正是表示柳宗元所希望的，天生奇才，必有所用，不當曠廢暴殄的心情嗎？所以說，在〈西亭記〉前半幅寫景的部分中，也隱然含有寫「意」的成份存在。

另外，在〈西亭記〉後半幅寫意之中，像「昔之上人者，不起宴坐」一段，寫覺照上人「觀於空色之實，而游乎物之終始，其照也逾寂，其覺也逾有」，豈不正是一幅高僧面壁入定的圖像恍然呈現在眼前嗎？這豈不是一種抒寫景觀的手法？所以說，在〈西亭記〉後半幅寫意的部分中，也隱然含有寫「景」的成份存在。

總之，柳宗元面對着有形的山川景觀世界，藉着「羣而翦焉」的人爲工夫，因而將之轉變成爲「萬類出焉」的新境地，同時，他也期望在無形的心情上，也能像覺照上人一樣，經由「覺」與「照」的途徑，而開拓出一個心靈上的新境界，因此，在此記的末段中，柳宗元一方面藉著覺照上人的靈闢早悟，以襯託出本身的自覺之遲、照察之晚，另一方面，則更藉著「覺照」之名，用以應合上人修德悟道的工夫境界，也用以彰顯「覺」「照」二者，對於自己在期盼改換心情上、由鬱塞以至通闢的意義與價值，在寫作的方法上，雙關照應，虛實兼寫，確是妙手偶得，結構天成，可遇而不可求的絕佳格局。

浦二田在評論此記時曾說：「境則新闢，僧名覺照，交會觸發，以得此解，亦謫居鬱塞之通旨也。」❸對於柳宗元而言，可說是知心之論了，章士釗在評論此記時也曾說道：「子厚永州山水之遊，應分作兩個階段，而以西山之得爲樞紐，前乎此者，亦嘗遊矣，而細核之，如未始遊然，所謂始遊，則發軔於西山之怪特，西山怪特之忽爾發見，又兆端於法華寺西亭之宴坐，然則此一記也，實爲管領子厚一生遊運之神經中樞，因而假借住持僧之法號，於何者爲覺，何者爲照處，盡量抒寫，以圖改造向來挈挈於通塞有無之方之狹義人生觀。此記所貢獻於子厚思想轉變之重要性，有如此者。」也將柳宗元此記在永州山水遊記作品中的價值與地位，闡釋得十分清晰，都是有功於柳宗元〈西亭記〉一文的評論意見，深深地值得人們去細加品味的。

附注

❶ 見羅聯添教授所編著之《柳宗元事蹟繫年暨資料類編》頁八十八。

❷ 見《柳河東集》卷二十八。

❸ 引見《唐宋八大家文格纂評》。

❹ 見章士釗《柳文指要》體要之部卷二十八。

柳宗元對於師道的看法

韓愈和柳宗元，都是唐代著名的文學家，他們共同推動了中唐時期的古文運動，也獲致了卓越的成就，但是，二人在許多方面，意見却並不一樣，像對師道的看法，就是一個明顯的例子。

韓愈對於師道的看法，是人們所熟悉的，他撰作〈師說〉，召收弟子，獎掖後進，勇於爲人之師，但是，柳宗元在這方面，却與韓愈持有相反的看法。

柳宗元曾經撰有〈師友箴〉一文，說道：「今之世，爲人師者衆笑之，舉世不師，故道益離。」又說：「不師如之何，吾何以成。」❶因此，柳宗元並非不知道從師的重要，得師的可貴，但是，在那種「舉世不師」、「舉世笑之」，人人以相師爲恥的風氣下，柳宗元也不願身居爲師之名，以爲人所非笑了，他在〈答嚴厚輿秀才論爲師道書〉中說：

> 僕之所避者名也，所憂者其實也，實不可一日忘，僕聊歌以為箴，行且求中以益己，慄慄不敢暇，又不敢自謂有可師乎人者耳，若乃名者，方為薄世笑罵，僕脆怯尤不足當也。❷

此書作於憲宗元和八年（西元八一三年）以後，柳宗元已經年逾四十，身居永州，早已文名甚著，因此，想向他學習而求爲弟子的人，也爲數漸多，但是，他却力避爲師之名，不願爲人之師，嚴厚輿以韓愈爲例，希望柳宗元也勇於爲人之師，廣收門徒，柳宗元却回答他說：「僕才能勇敢不如韓退之，故又不爲人師，人之所見有同異，吾子無以韓責我。」❸他仍然不願效法韓愈的作風，在〈答嚴厚輿秀才論爲師道書〉中又說：

> 僕之所拒，拒為師弟子名，而不敢當其禮者也，若言道講古窮文辭，有來問我者，吾豈嘗瞋目閉口耶？……幸而亟來，終日與吾子言，不敢愛，不敢肆，苟去其名全其實，以其餘易其不足，亦可交以為師矣，如此無世俗累而有益乎己，古今未有好道而避是者。

柳宗元在此信中，很明白地表示了，他所拒絕的，只是爲師之名，而不是相互請益之實，他認爲，只要是眞正有向學求知的信念，有「言道講古窮文辭」的志願，自己必然願意不倦不吝、謹愼地終日講論，以自己所有的知識，提供給對方，而自己也可以從對方那裏，求取不足的知識，這種教學相長，「交以爲師」的方式，才是柳宗元最爲欣賞的辦法，因此，他寧願「去其名」而「全其實」，以求免除「世俗之累而有益乎己」，因此，他主張「實不可一日忘」，「所避者名也」，同時，他也確實是踐行了自己的想法，在〈報袁君陳秀才避師名書〉中，柳宗元也曾說道：

> 僕避師名久矣，往在京都，後學之士到僕門，日或數十人，僕不敢虛其來意，有長必出之，有不至必惎之，雖若是，當時無師弟子之說。❹

此書作於永州，由此信中，可見柳宗元對於後進青年，指點教導之勤，自己若有所長於對方的，必出而授之，其人有所未至的，必盡己力以教之，雖然「避師名久矣」，「無師弟子之說」，但却在默默地踐行爲師之「實」，在此信中，柳宗元又曾教導袁秀才爲文之道，提示他「文以行爲本，在先誠其中，其外者，當先讀六經，次論語孟軻書，皆經言，左氏國語莊周屈原之辭，稍采取之，穀梁子太公史甚峻潔，可以出入」，又告以「秀才志於道，愼勿怪、勿雜、勿務速顯、道苟成，則慤然爾，久則蔚然爾」，對於後進的指引，可以說是用心良苦，叮嚀周至了，如此教學，又豈是徒具師弟之「名」而無其「實」者，所能望其項背的呢！在〈答貢士廖有方論文書〉中，柳宗元也曾說道：

> 吾在京都時，好以文寵後輩，後輩由吾文知名者，亦為不少焉。❺

此書也作於永州，從此信中，可見柳宗元極爲獎掖後進，在京城時，常常不惜降身屈己，爲後進之士，撰文推挹，後進青年，由於柳宗元的薦引，往往聲譽雀起，由是知名，這種例子，不在少數，所以，柳宗元這時雖然已經貶謫在南方邊鄙之地，廖有方却仍然遠道投書，希望柳宗元能爲他的文集撰寫序文，以自引重。當然，像嚴有方這種不計利害、不畏權勢的行爲，柳宗元是頗爲感動的，他雖然也在擔心，以自己目前待罪之身的處境，撰文爲序，是否會使「秀才無乃未得嚮時之益，而受後事之累」呢？但是，他也看到「秀才勤懇，意甚久遠」，所以，也就坦然地撰寫序文，「曷敢以讓」，而「當爲秀才言之」了。柳宗元又在〈答韋中立論師道書〉中說道：

辱云欲相師，僕道不篤，業甚淺近，環顧其中，未見可師者，雖常好言論，為文章，甚不自是也，不意吾子自京師來蠻夷間，乃幸見取，僕自卜固無取，假令有取，亦不敢為人師，為衆人師且不敢，況敢為吾子師乎？⑥」

韋中立從長安遠至永州，不辭跋涉之苦，眞誠求學，確實是難能而可貴的行爲，柳宗元自然是深爲感動，他雖然不願居爲師之名，却也感受到韋中立的懇摯之心，於是在書信中，將自己爲學的親身經驗，擧以告知，他說：「吾每爲文章，未嘗敢以輕心掉之，懼其剽而不留也，未嘗敢以怠心易之，懼其弛而不嚴也，未嘗敢以昏氣出之，懼其昧沒而雜也，未嘗敢以矜氣作之，懼其偃蹇而驕也。」又說：「本之《書》以求其質，本之《詩》以求其恒，本之《禮》以求其宜，本之《春秋》以求其斷，本之《易》以求其勤，此吾所以取道之原也。參之《穀梁氏》以厲其氣，參之《孟》《荀》以暢其支，參之《莊》《老》以肆其端，參之《國語》以博其趣，參之《離騷》以致其幽，參之《太史公》以著其潔，此吾所以旁推交通而以爲之文也。」柳宗元將這些寶貴的創作經驗，擧以相告，並且，希望韋中立，「幸觀焉擇焉，有餘以告焉」，可見柳宗元對於青年後進，獎掖啓迪之心，與韓愈相較，是並無二致的，只是不願居於爲師之名而已，《舊唐書・柳宗元傳》說他：「江嶺間爲進士者，不遠數千里，皆隨宗元師法，凡經其門，必爲名士。」《新唐書・柳宗元傳》說他：「南方爲進士者，走數千里從宗元游，經指授，爲文辭皆有法。」因此，柳宗元雖不願自居爲師之名，而指點教導青年後進，成就人才，却是不容抹殺的事實。

柳宗元貶謫永州以後，在仕途上雖然極不得志，但是，作品却日有進境，文名也愈加隆盛，因此，四方希望從游之士，也日益衆多，其中，也不免偶有志不在學，而別具用心的人存在，例如柳宗元在〈答貢士蕭纂欲相師書〉中說道：

> 遠辱書訊，貺以高文，開其知思，而又超僕以宗師之位，貸僕以丘山之號，流汗伏地，不知逃匿，幸過厚也……今覽足下尺牘，殷懃備厚，似欲僕贊譽者。❼

蕭纂推崇柳宗元，尊之以宗師的地位，又以孔丘泰山作爲譬喻，而其用意，却是希望得到柳宗元的稱許贊譽，這就不是以追求學識爲目的了，又如柳宗元在〈復杜溫夫書〉中曾經說道：

> 兩月來，三辱生書，書皆逾千言，意者相望僕以不對答引譽者，然僕誠過也，而生與吾文又十卷，噫，亦多矣，文多而書頻，吾不對答引譽，宜可自反，而來徵不肯相見，亟拜亟問，其終得無辭乎，凡生十卷之文，吾已略觀之矣，吾性騃滯，多所未甚諭，安敢懸斷是且非耶。❽

此書作於柳州刺史任內，從此書信中，可以知道，杜溫夫所撰寫的文稿，雖然多達十卷，但是，文理欠通，柳宗元看過之後，說自己「性騃滯，多所未甚諭，安敢懸斷是且非耶」，已經是最爲客氣的批評了，況且，他也發現，杜溫夫的不斷投書，急切拜問，目的也只是希望自己對其加以「引譽」而已，不得「引譽」推挹，不知自行反省，却改以怨望相向，又那裏是眞誠地爲了學識的進益呢！〈復杜溫夫書〉又說：

書拒吾必曰周孔，周孔安可當也，語人必於其倫，生以直躬見拒，宜無所諛道，而不幸乃曰周孔，吾豈得無駭怪，且疑生悖亂浮誕，無所取幅尺，以故愈不對答，來柳州見一刺史，即周孔之，今而去我，道連而謁於潮，之二邦，又得二周孔，去之京師，京師顯人為文詞立聲名以千數，又宜得周孔千百，何吾生胸中擾擾焉多周孔哉！

推崇他人，動輒以周公孔子相比喻，總不免令人有形容過當而缺乏誠意之感，也宜乎柳宗元不敢接受而深加駭怪了，「見一刺史，即周孔之」，在柳州對柳宗元如此說，到了連州潮州，對劉禹錫韓愈也是如此說，到了京城長安，更是如此說，使得天下到處都是周孔，不過是一個「利」字在作祟而已，因此，柳宗元對於一些假借從師之名，欲人引譽薦稱之徒，是非常不滿的，他之所以不願身居爲師之「名」，這也是理由之一吧！不過，柳宗元站在長者的立場，仍然願意鼓勵後進，他看到杜溫夫「年非甚少」，「自荊來柳」，「自柳將道連而謁於潮，途遠而深矣」，「其志果有異乎」，似乎也不同於一般「走謁門戶以冀苟得」之徒，因此，在書信中，他也悉心地予以指導，他說：「見生用助字，不當律令，唯以此奉答，所謂乎歟耶哉夫者，疑辭也，矣耳焉也者，決辭也，今生則一之，宜考前聞人所使用與吾言類且異，愼思之則一益也。」柳宗元對於杜溫夫在文章中使用虛字助辭，仔細地告以正確的用法，那也是一種憐才愛才、體恤鼓勵的表現啊！

總之，對於師道的看法，柳宗元與韓愈的態度，頗不相同，韓愈以發揚道統爲己任，以爲「古之學者必有師」，以爲「道之所存，師之所存也」❾，故也以發揚師道爲己任，勇於爲人之師，坦然自居爲師之「名」，中唐士風，雖以相師爲恥，而「韓愈奮不顧流俗，犯笑侮」，「抗顏而爲師，世果羣怪聚罵」，「愈以是得狂名」[14]，因此，韓愈勇於爲人之師，在當時，可以說是名滿天下，謗亦隨之了。

柳宗元則不然，他以爲，「孟子稱，人之患在好爲人師，由魏晉氏以下，人益不事師，今之世不聞有師，有，輒譁笑之，以爲狂人」[15]，因此，他雖然願意獎掖後進，教導青年，却寧願只居其「實」，而不居爲師之「名」，寧願去多務實學，而不務虛名，這種態度的形成，中唐的士風與柳氏的個性，都是重要的原因，同時，仕途上的不幸遭遇，憂讒畏譏，懼以召禍，也該是他不願多所招搖，勇於爲人之師的主要原因吧！

要之，韓愈勇於爲師，啓迪來學，「成就後進士，往往知名」[16]，終於形成了推動古文運動的絕大助力，而柳宗元雖避居爲師之「名」，却仍然樂於從事爲師之「實」，他的行爲，雖不像韓愈那樣積極，但是，比起一般徒居師名，而不務其實的人們，自然要可貴多了，同時，對於一些專務虛名虛聲的人來說，柳宗元的行爲，也委實具有針砭的意義在哩！

附注

❶ 見《柳河東全集》卷十九，此據民國六十三年十二月河洛圖書出版社景印初版本，下引並同。

❷ 見《柳河東全集》卷三十四。

❸ 見〈答嚴厚輿秀才論爲師道書〉。

❹ 見《柳河東全集》卷三十四。

❺ 見《柳河東全集》卷三十四。

❻ 見《柳河東全集》卷三十四。

❼ 見《柳河東全集》卷三十四。

❽ 見《柳河東全集》卷三十四。

❾ 見〈師說〉，載《韓昌黎文集校注》卷一，此據民國五十六年五月世界書局再版本。

❿ 見柳宗元〈答韋中立論師道書〉，載《柳河東全集》卷三十四。

⓫ 同注❿。

⓬ 見《新唐書・韓愈傳》。

（此文曾刊載於《孔孟月刊》二十八卷四期，民國七十八年十二月出版）

附錄

從韓愈詩中看韓柳交誼

韓愈與柳宗元二人的見面相識，約在唐德宗貞元十五年左右，時韓愈爲徐州節度推官，柳宗元爲集賢殿正字，由於韓愈的長兄韓會，與柳宗元的父親柳鎭友善，而柳宗元的岳父楊憑，有弟名楊凝，也與韓愈相識，因此，韓柳兩家本屬世交，只是，韓愈柳宗元二人的初次見面，交情仍屬泛泛罷了。

貞元十九年，韓愈與柳宗元同官爲監察御史，二人情誼，自當有進一步的交往。順宗永貞元年九月，柳宗元因王韋黨爭事件，被貶爲邵州刺史，隨卽赴任，途經江陵，時韓愈爲江陵法曹參軍，韓柳二人，曾經見面，韓愈並作有〈永貞行〉一詩，以記其事，他嚴格地批評了王叔文，對於柳宗元，則僅有「吾嘗同僚情可勝」，「嗟爾既往宜爲懲」的惋惜之詞。

憲宗元和九年十二月，柳宗元貶在永州，已經十年，突然奉到詔書，令返長安，次年二月間，他回到京城，韓柳二人，當曾見面，但是，三月初，柳宗元又接到詔令，出爲柳州刺史，隨即上路，六月底，到達了柳州任所。

元和十四年正月，韓愈因爲上表論諫佛骨，被貶爲潮州刺史，卽日上路，前往任所，四月下旬，抵達潮州，時柳宗元在柳州，已近四年。

柳宗元在柳州，聞知韓愈貶往潮州，俟韓愈途經廣東清遠縣時，曾轉請桂管觀察使裴行立❶，派遣從事元集虛❷，攜帶藥品及書籍等物相贈，慰問韓愈於旅途之中，並且倍伴十日，食眠與俱，然後送別，韓愈曾有詩〈贈別元十八協律六首〉❸，以記其事，其中第二首曾說：

英英桂林伯，實維文武特，遠勞從事賢，來弔逐臣色……臨別且何言，有淚不可拭。

在此詩中，韓愈以「逐臣」自稱，而深深地感謝裴行立派遣元集虛遠來慰問的辛勤勞苦，雪中送炭的關切情懷，以至於當分別之際，自己也不禁要有淚沾襟了，韓愈此詩的第三首曾說：

吾友柳子厚，其人藝且賢，吾未識子時，已覽贈子篇，寤寐想風采，於今已三年，不意流竄路，旬日同食眠……。❹

元集虛與韓愈本不相識，由於受到柳宗元的囑託，受到裴行立的指派，才得奉命與韓愈見面，殷殷致意，柳宗元早年曾有〈送元十八山人南遊序〉一文❺，說到「河南元生者，其人閎曠而質直，物無以挫其志，其爲學恢博而貫統，數無以躓其道」，柳宗元又曾有〈送僧浩初序〉一文❻，說到「儒者韓退之與余善，嘗病余嗜浮圖言」，「見送元生序，不斥浮圖」，韓愈在〈贈別元十八協律六首〉詩中，所說的「已覽贈子篇」，正是指柳宗元的〈送元十八山人南遊序〉一文，韓愈此詩的第四首曾說：

> 巍巍桂林伯，矯矯養勇身，生平所未識，待我逾交親，遺我數幅書，繼以藥物珍，藥物防瘴癘，書勸養神形，………窮途致感謝，肝膽還輪困。

此詩稱讚裴行立爲矯矯養勇之身，雖然生平未嘗相識，遣人存問，却待之親逾至交，所贈藥品書籍，則是用作防治瘴癘與護養神形之資，所贈書籍，或是道家之書，也未可知❼，要之，韓愈在窮途末路之中，心情惡劣難過的情形下，能夠得到柳宗元、裴行立、元集虛等人誠心的關切慰問，自然是由衷的感激致謝，而不能自已了，韓愈此詩的第六首曾說：

> 書寄龍城守，君驥何時秣，………余罪不足惜，子生未宜忽，胡為不忍別，感謝情至骨。

龍城是柳州的舊時郡名，龍城守指刺史柳宗元，因爲，裴行立之所以會遠道遣使，元集虛之所以會間關相見，都是由於柳宗元的緣故，所以，韓愈在此詩的最末一首之中，特別希望元集虛通候柳宗元，轉致上自己刻骨銘心的感謝之情，而在此詩之末，再行強調了自己獲罪的不足惋惜，而特別叮嚀柳宗元要善自珍重。

韓愈到達潮州任所之後，柳宗元曾以〈食蝦蟆詩〉❽相寄，勸韓愈入境隨俗，而蝦蟆味美可食，不妨稍作嚐試，且表示自己也深嗜此物，韓愈因作〈答柳柳州食蝦蟆詩〉❾相酬，詩中說道：

> 蝦蟆雖水居，水特變形貌，強號為蛙蛤，於實無所校，雖然兩股長，其奈脊皴皰，跳擲雖云高，意不離濘淖，嗚聲相呼和，無理祇取鬧，周公所不堪，灑灰垂典教，我棄愁海濱，恆願眠不覺，叵堪朋類多，沸耳作驚爆，……居然當鼎味，豈不辱釣罩，余初不下喉，近亦能稍稍，常懼染蠻夷，失平生好樂，而君復何為，甘食比豢豹，獵較務同俗，全身斯為孝，哀哉思慮深，未見許迴櫂。

柳宗元自永貞年間，被貶往永州，後來又前往柳州，居住在南方荒遠之地，先後計算，已將近十五個年頭，因此，對於南方的許多土產食物，都已逐漸能夠適應，而韓愈初到潮州不久，對於鄰近海濱的一些食品，還不能夠一一地適應[10]，因此，對於柳宗元所甘食深嗜，以爲可與熊心豹膽相比的蝦蟆美味，其初卻實在難以下嚥，而且還認爲以蝦蟆當鼎食，不免使人大感驚異，同時，也畏懼自己因此而浸染上蠻夷的風俗，遠離了芻豢的正食，直至勉強試食之後，才覺得稍稍可以入口，但是，對於柳宗元這種推己及人的關愛之情，韓愈卻感激在心，深致謝忱，在此詩之末，韓愈以爲，身居南荒，以蝦蟆當食物，這與自古相傳，田獵相較之時，務得當地所尚的禽獸，以供祭祀之用的意義，頗爲相同，都只是人們在入境隨俗時的表示而已，但是，最重要的，還是要善自珍攝，護養精神，保重身體，那才是孝順父母的第一要義，尤其是韓愈了解到柳宗元生子尚幼之時[11]，更是規勸他要保重身體，像蝦蟆一類的古怪食物，還是少吃淺嚐即可，不應嗜之過深，以免影響健康，因此，他甚至沉痛地表示，並非是他設想得太多，委實是，二人同樣是南來待罪之身，何時能夠返回故鄉，都還在未定之天啊！程學恂《韓詩憶說》曾說此詩：「蓋所以警子厚者，不僅在食物也。」⑫確是知人之言。

從以上的詩篇中，我們可以見到柳韓二人，眞情流露、相互關懷、交誼深厚的一面，以前有人曾經懷疑，德宗貞元十九年冬，韓愈因上〈論天旱人饑狀〉，被貶爲陽山縣令，是出於王叔文的陷害，而柳宗元或許也曾參與其事⑬，進而疑及韓柳二人的情誼，不過，早年韓愈的陽山之貶，與王叔文以至柳宗元是否有關，雖尚不能完全論定，但是，僅就韓愈所撰與柳宗元有關的詩篇而觀，已足佐證韓柳二人晚年情誼的深切篤厚，應該是無可置疑的事實。

附注

❶ 據《新唐書・裴行立傳》所記，元和十一年，裴氏自安南觀察使改任桂管觀察使，治所在桂林，又據《柳河東集》所載，柳宗元嘗爲裴氏撰寫〈爲裴中丞奏邕管黃家賊事宜狀〉、〈爲裴中丞乞討黃賊狀〉等十餘篇文章。

❷ 錢仲聯《韓昌黎詩繫年集釋》引沈欽韓注說：「《柳州集》〈鈷鉧潭西小邱記〉，元克己同遊，白樂天〈草堂詩記〉，與河南元集虛落之。蓋名集虛，字克己也。」可備參考。

❸ 見錢仲聯《韓昌黎詩繫年集釋》卷十一。

❹ 錢仲聯《韓昌黎詩繫年集釋》引陳景雲《點勘》說：「疑三年二字，傳錄有誤。」又引王啓元《讀韓記疑》說：「三年當改作十年。」錢氏按語則說：「三爲多數之稱，見汪中釋三九，不必改字。」

❺ 見《柳河東集》卷二十五。

❻ 見《柳河東集》卷二十五。

❼ 柳宗元〈送元十八山人南遊序〉曾說：「常有意乎古之守雌者。」守雌，語出《老子》「知其雄，守其雌」，又《莊子・養生主篇》，也兼言養神養形之義。

❽ 《柳河東集》中不載此詩，當已亡佚。

❾ 見錢仲聯《韓昌黎詩繫年集釋》卷十一。

❿ 韓愈有〈初南食貽元十八協律〉詩，記初抵廣州時試食所見之南方食物，如鱟、蠔、蒲魚、章舉等數十種，邊食邊自緊張汗出面赤的情形，頗爲傳神。

⓫ 柳宗元有二子，長子周六，生於元和十一年，元和十四年時，周六年方四歲，而次子周七，則係遺腹子。

⓬ 引見錢仲聯《韓昌黎詩繫年集釋》卷十一。

⓭ 如葛立方《韻語陽秋》說：「陽山之貶，伓文之力，而劉柳下石爲多。」而嚴虞惇說：「其實公之得罪，爲李實所讒，非伓叔文也。」（葛氏嚴氏之說，並引見錢仲聯《韓昌黎詩繫年集釋》卷三）全祖望〈韓柳交情論〉則說：「子厚必無排退之之事，使其有之，則後此豈有靦顏而託之以子女者。」（見《鮚埼亭集・外集》卷三十七）。

讀柳宗元〈詠三良〉詩

秦穆公死後，秦人以「三良」殉葬的事情，《左傳》中有明確的記載，《左傳》文公六年記述：

> 秦伯任好卒，以子車氏之三子，奄息、仲行、鍼虎為殉，皆秦之良也，國人哀之，為之賦〈黃鳥〉。

後世吟詠「三良」殉葬的詩篇，除了《詩經》〈秦風〉〈黃鳥〉篇之外，其較爲著名的，還有王粲、曹植、陶潛與柳宗元等人的作品，對於「三良」殉葬的事情，從〈黃鳥〉篇到陶潛的作品，雖然都充滿了哀傷的話語，但是，大致却都肯定了「三良」的殉葬，是正確的行徑，而很少有著批評否定的言詞。

像《詩經》的〈黃鳥〉篇中，雖然表示了「臨其穴，惴惴其慄」的恐懼感覺，表示了「殲我良人」的惋惜之情，但也只是表示了「如可贖兮，人百其身」的消極態度。

像王粲在〈詠史詩〉[1]中，雖然表示了「妻子當門泣，兄弟哭路垂，臨穴呼蒼天，涕下如綆縻」的哀痛之意，但却肯定了「結髮事明君，受恩良不訾，臨歿要之死，焉得不相隨」

的無奈之感，甚且還以「生爲百夫雄，死爲壯士規」的讚語，作爲勉強的稱許之詞。

像曹植在〈三良詩〉❷中，雖然表示了「攬涕登君墓，臨穴仰天歎，長安何冥冥，一往不復還」的哀痛之感，但却肯定了「秦穆先下世，三臣皆自殘，生時等榮樂，既沒同憂患」是適當的行爲。

像陶潛在〈詠三良〉❸詩中，雖然表示了「荊棘籠高墳，黃鳥聲正悲，良人不可贖，泫然霑我衣」的悲傷之情，但却肯定了「一朝長逝後，願言同此歸，厚恩固難忘，君命安可違」是正確的選擇，甚至也更發出了「臨穴罔遲疑，投義志攸希」的勗勉三良從死之詞。

可是，只有柳宗元，却採取了否定的態度，他在〈詠三良〉❹詩中，雖然也曾敍述了三良在「束帶值明后，顧盼流輝光，一心在陳力，鼎列夸四方，款款效忠良，恩義皎如霜」中的君臣情誼，也曾敍說了三良在「生時亮同體，死沒寧分張，壯軀閉幽隧，猛志塡黃腸」時的君崩從死之事，但是，緊接著，柳宗元立刻嚴厲地駁斥了殉葬的行爲，他以爲，「殉死禮所非，況乃用其良，霸基弊不振，晉楚更張皇」，他以爲，以生人殉葬從死，是極不合乎禮數的行爲，何況，正當國家多事之秋，更是需要賢良的人才，去振衰而救弊呢！在詩末，他更引述了春秋時代，魏顆順從父親魏武子必嫁嬖妾的治命，而不從其病重時必以爲殉的亂命，去作比喻，「疾病命固亂，魏氏言有章，從邪陷厥父，吾欲討彼狂」，柳宗元以爲，秦穆公即使有以三良從死的遺言，那也只是一種臨終時的亂命，何況，歷史上也並不曾有穆公命令三良殉葬的記錄，因此，柳宗元對於秦康公的不能善體親心，因而陷父不義的舉動，認爲那確是不如魏顆的行爲，因此，他更要大肆批評，大加聲討其罪過了，柳宗元這種強烈的反對意見，與王粲、曹植、陶潛等人的看法，確不相同，只是，這種不同的意見，背後却有着一些另外的因素存在。

柳宗元少年之時，卽胸懷大志，想要在政治上有所作爲，利安百姓，德宗貞元十九年，他自藍田縣尉，入京爲監察御史，時翰林待詔王叔文密結翰林學士韋執誼，又與翰林待詔王伾相依附，共侍太子李誦，以求異日幸用，得以大肆改革，因共結陸質、呂溫、柳宗元、劉禹錫、韓曄、韓泰、陳諫、李景儉等人，相與定交，結爲朋黨。

貞元二十年九月，太子李誦得風疾，不能言語，貞元二十一年正月，德宗崩，太子李誦卽位，是爲順宗，韋執誼爲宰相，王伾爲左散騎常侍充翰林學士，王叔文爲起居舍人翰林學士，柳宗元爲禮部員外郎，順宗因不能言語，王伾王叔文由是暗中決事，並引柳宗元劉禹錫等相爲謀議，大事更張，赦天下，免租稅，廢宮市及五坊小兒等弊政，又罷進獻羨餘，出後宮教坊女妓，百姓因而大樂，三月，宦官俱文珍等藉天子久病不癒爲名，擁立廣陵王李淳爲皇太子，六月，藩鎭將帥上表，請太子監國，王叔文謀奪宦官兵權不成，以母喪去位，七月，詔令太子監國，八月，順宗禪位，稱太上皇，改元永貞，太子李淳卽位，是爲憲宗，九月，王韋黨人皆坐貶，柳宗元先貶爲邵州刺史，繼又貶爲永州司馬，王韋黨人，同時被貶爲司馬者八人，稍後，王伾病死，王叔文賜死，這就是永貞年間政爭事件的經過情形，柳宗元在政爭失敗之後，謫居永州十年，壯志豪情，滿懷抱負，既無法申展，心中憤懣悵望之情，又不便公然表露，於是，他只得在詩歌隱微宛轉的特性掩飾之下，假藉着尙論古史，而抒發出胸中的鬱壘，爲後世留下了千古的證言，眞可以說是用心良苦了，柳宗元在〈詠三良〉詩中所流露出來的心意，章士釗在《柳文指要》之中，表彰得最為清晰，他說：

憲宗八月庚子卽皇帝位，越二日壬寅，卽稱父命殺二王，由子厚視之，此不啻魏武子之亂命，末云：「從邪陷厥父，吾欲討彼狂。」曰從邪，曰陷父，又曰彼狂，曰討，語意何等嚴重。❺

章氏對於柳宗元在〈詠三良〉詩中的用心和旨趣，確實闡釋得十分眞切，彰顯得十分明白，巨眼宏識，使人欽佩，因為，柳宗元在〈詠三良〉詩中，確是藉着歷史上的事件，而寄託了他的心意，他將順宗隱喩為魏武子，將憲宗隱喩為魏顆，將憲宗矯命殺害王伾與王叔文、曲違親意的行為，隱喩為不如魏顆順從魏武子的治命，而不順從他的亂命，同時，也隱喩了憲宗不如魏顆的善體親心，以致陷父不義、狂妄亂作。

要之，柳宗元在專制帝王的淫威高壓之下，敢於委宛地表達了以臣斥君、力加聲討的態度，他的勇氣，確實是難能可貴、令人敬仰不已的，以前，陶澍在《靖節先生集注》中曾經說過：「古人詠史，皆是詠懷，未有作史論者。」❻他的這些話，如果移之以論柳宗元的〈詠三良〉詩，想來同樣也是恰當不過的吧！

附注

❶ 見《昭明文選》卷二十一。

❷ 見《昭明文選》卷二十一。

❸ 見《靖節先生集》卷四。

❹ 見《柳河東集》卷四十三。

❺ 見《柳文指要》下〈通要之部〉卷二〈子厚哀永貞三詩〉。

❻ 此據民國四十八年新興書局影印本。

（此文曾刊載於《中國文化月刊》第一三六期，民國八十年二月出版）

國立中央圖書館出版品預行編目資料

韓柳文新探 / 胡楚生著 -- 初版 -- 臺北市：臺灣學生，民 80

8,211 面；21 公分 --（中國文學研究叢刊；34）

ISBN 957-15-0235-9（精裝）-- ISBN 957-15-0236-7（平裝）

1.（唐）韓愈 - 學識 - 文學　2.（唐）柳宗元 - 學識 - 文學

830.417　　80001467

韓柳文新探（全一冊）

著作者：胡楚生
出版者：臺灣學生書局
發行人：丁文治
發行所：臺灣學生書局
台北市和平東路一段一九八號
郵政劃撥帳號〇〇〇二四六六八號
電話：三六三四一五六
FAX：三六三六三三四
本書局登記證字號：行政院新聞局局版臺業字第一一〇〇號
印刷所：淵明印刷廠
地址：永和市成功路一段43巷五號
電話：九二八七一四五
香港總經銷：藝文圖書公司
地址：九龍偉業街九十九號連順大廈五字樓及七字樓
電話：七九五九五九五

定價　精裝新臺幣二一〇元　平裝新臺幣一六〇元

中華民國八十年六月初版

82501

ISBN 957-15-0235-9（精裝）
ISBN 957-15-0236-7（平裝）

臺灣學生書局出版

中國文學研究叢刊

①詩經比較研究與欣賞	裴普賢著
②中國古典文學論叢	薛順雄著
③詩經名著評介	趙制陽著
④詩經評釋	朱守亮著
⑤中國文學論著譯叢（二册）	王秋桂編
⑥宋南渡詞人	黃文吉著
⑦范成大研究	張劍霞著
⑧文學批評論集	張　健著
⑨詞曲選注	王熙元等編著
⑩敦煌兒童文學	雷僑雲著
⑪清代詩學初探	吳宏一著
⑫陶謝詩之比較	沈振奇著
⑬文氣論研究	朱榮智著
⑭詩史本色與妙悟	龔鵬程著
⑮明代傳奇之劇場及其藝術	王安祈著
⑯漢魏六朝賦家論略	何沛雄著
⑰古典文學散論	王熙元著
⑱晚淸古典戲劇的歷史意義	陳　芳著
⑲趙甌北研究（二册）	王建生著
⑳中國兒童文學研究	雷僑雲著
㉑中國文學的本源	王更生著
㉒中國文學的世界	前野直彬著 龔霓馨譯
㉓唐末五代散文研究	呂武志著
㉔元白新樂府研究	廖美雲著
㉕五四文學與文化變遷	中國古典文學 研究會主編
㉖南宋詩人論	胡　明著
㉗唐詩的傳承——明代復古詩論研究	陳國球著

㉘中外比較文學研究　第一冊（上、下）	李達三 劉介民 主編
㉙文學與社會	中國古典文學 研究會主編
㉚中國現代文學新貌	陳炳良編
㉛中國古典文學研究在蘇聯	俄・李福清著 田大畏譯
㉜李商隱詩箋釋方法論	顏崑陽著
㉝中國古代文體學	褚斌杰著
㉞韓柳文新探	胡楚生著
㉟唐代社會與元白文學集團關係之研究	馬銘浩著